旧物是好物

单纯的美好

红肚兜儿 著

北京时代华文书局

图书在版编目（CIP）数据

旧物是好物 / 红肚兜儿著. -- 北京 : 北京时代华文书局, 2017.9
ISBN 978-7-5699-1805-2

Ⅰ. ①旧… Ⅱ. ①红… Ⅲ. ①随笔－作品集－中国－当代 Ⅳ. ① I267.1

中国版本图书馆 CIP 数据核字（2017）第 211000 号

旧物是好物

Jiuwu Shi Haowu

著　　者 | 红肚兜儿

出 版 人 | 王训海
选题策划 | 曾　丽
责任编辑 | 曾　丽　石乃月
装帧设计 | 孙丽莉　王艾迪
图片摄影 | 邵　欣
责任印制 | 刘　银　范玉洁

出版发行 | 北京时代华文书局 http://www.bjsdsj.com.cn
北京市东城区安定门外大街 136 号皇城国际大厦 A 座 8 楼
邮编：100011　电话：010－64267955　64267677
印　　刷 | 北京顺诚彩色印刷有限公司　010-69499689
（如发现印装质量问题，请与印刷厂联系调换）
开　　本 | 787mm×1092mm　1/16　印　　张 | 12.5　字　　数 | 128 千字
版　　次 | 2018 年 2 月第 1 版　印　　次 | 2018 年 2 月第 1 次印刷
书　　号 | ISBN 978-7-5699-1805-2
定　　价 | 45.00 元

朋　友　的　推　荐

每个人心里都藏着一点旧，散发着记忆的光亮、天真孩童的奇思妙想、青春少年的刹那喜欢、老房子的油烟味儿、四季的风吹过脸庞。旧事如酒，要沉淀多少年，才能一饮而尽，湿了眼，轻叹那一场岁月？故事旧了，人也旧了，越走越远，却又遇见，一页页翻下去，仍如新欢。旧物是好物，因为旧时光里留着你最初的真心。

——费勇　学者，作家，《行走》主编

翻读这些美好的小文，出神了好久。书里的那些旧物，我们当时都是慌慌张张使用的，慌慌张张喝汽水，慌慌张张用橡皮擦掉错字，慌慌张张找同学借个转笔刀。但今天重新看见，觉得那么慢，那么悠闲，那么美好……直到忽然蹦出来标题“成人玩具”，才反应过来：哦对，作者是红肚兜儿啊！

——六神磊磊　自媒体人，公号“六神磊磊读金庸”创始人

是否每个女人都会记得自己从小女孩变成大女孩的过程？通过镜子、香脂、不知从哪儿飘来的口琴声、男生着海魂衫的背影……所以，我看到这些出现在红肚兜儿的笔下，有种想上前说“我也是我也是”的激动，定睛看来，她那过程的隐秘细微处却与我不同。这些文字像一面镜子，在相同与不同的恍惚间，忽然就照出了时间的深邃，令人心动。

——闫红　作家，媒体人

红肚兜儿师傅的新书写的是90年代相爱的灵魂，看起来有罗大佑《童年》和《请回答1988》的感觉，生动而有趣，合上书想起旧事故人，让人有流泪的冲动——年轻真好。

——熊太行　自媒体人，得到App订阅专栏《关系攻略》主理人

与其问“时间去哪儿了”，不如问“记忆去哪儿了”。谁都无法阻止时间的流逝，但大多数人都可以封存记忆，然后在某个愿意开启的时刻，或是不经意的时刻，将之打开。这些记忆里，有故人，有旧物，有难以名状的欢喜。看着红肚兜儿的文字，不禁沉湎于回忆中，仿佛看着自己慢慢长大。不要为书的戛然而止而感到意犹未尽，毕竟作者是不老的。这种时刻，我们要用一种谄媚的态度对作者说：“哎呀，回忆到这里就结束啦？哦，对了，忘记你年年18岁啦！”

——叶克飞　作家，旅行者

隔着时间的距离，回望过去，一部黑白默片正在无声地回放。目光越过故事情节，停落在那些曾经不被在意，却刻满时代细节的旧物上，这种回望庄严了时光。对旧物的细述是对身体感受的回溯，挽救理性过于发达的生命，让人类从新回到记忆的本质，感受那些被时光辜负了的真实。

——姚远东方　林风眠美术馆执行馆长，艺术策展人

序　旧日所爱，今日回头，仍像一场新欢

有一年，夏天格外热。

我上小学四年级，头发短得像假小子，穿一双桃红色塑料凉鞋，站在街口一棵老槐树巨大的阴影里。

那里有一个小窗口，木头窗框漆皮剥落，纱窗蒙着一层尘，知了在树叶缝隙里随着细碎的阳光一起欢叫。我伸手递两毛钱进去，拿到一颗芝麻味儿的冰棍。

很多年以后，回忆起夏天，我总想起这一幕。

我站在槐树下，小心翼翼吃那根冰棍，想让那股甜香留得更持久些。

有男生骑着自行车在热浪里奔过，有女生穿着百褶裙小踏步地走，大人们忙碌着仿佛灰色背景。暑假将要结束，槐树的豆荚已经成熟。

时间仿佛凝固一般。

越久远的回忆，从脑海中翻腾而起的瞬间，就越科幻，如同时空穿梭，隧道两旁的人、事、物飞速倒退，情绪像子弹，“砰”一声，射到了那个夏天。

那时，天空湛蓝如梦，地摊上的明星贴纸厚厚一沓，小卖铺里的水果糖五颜六色，黑板上的粉笔字写了又擦。

每个傍晚，炊烟从家家户户房顶上飘起来；每个清晨，牵牛花披着一层露珠打开小喇叭；一年四季，厨房里的砧板“当当”响，切菜剁肉擀面条。孩子急着长大，却好像总也长不大。

有时也会疑惑，那么多日子，究竟是怎样一分一秒过来的？霎时的刻骨铭心，以为永远不会忘记，后来却成了最模糊的回忆。

有人说，怀旧是因为老了。

老，哪有那么容易。世界飞速运转，人人加足马力，有老奶奶七十岁美衣红唇成了INS红人，有老爷爷八十岁玩跳伞对着镜头笑哈哈举起剪刀手。时间如此宝贵，一切瞬息万变，每一天，都仿佛大开眼界。

真正的老，不是怀旧，而是对新鲜丧失了兴趣。

好好怀一场旧，是要从旧里，体味出一点新。童年最美好，当时却不觉得；青春最快乐，当时也没感觉。有些故事，只有时间久了，变成旧的，回头看，才发现它有另一种滋味。

到往事中，重新走一遭。

看看那一截铅笔，写下了什么，多么认真，多么用力，一笔一画却歪歪斜斜的，人生第一个字。

看看那一个不倒翁，是什么颜色，用手指一戳，它倒下又立起，圆鼓鼓的肚子里“丁零零”响着。

尝尝那一碟点心，是什么味道，它装在客人提来的网兜里，香味儿和油渍透过褐色包装纸，引诱得你眼睛跟着它晃。

听听那一盘磁带，长发青年们如何撕心裂肺，热血在胸膛里如何沸腾，冲动梦想如何像一轮烈日悬在眼前，让你热泪汹涌。

摸摸那一双小手，是如何热乎乎地揣进心窝，是如何撩起垂到脸颊的发丝，是如何拭掉你脸上的泪，又在你心中打了个结。

搽搽那一盒香粉，一缕风情从眼角眉梢飘出来，思念慢慢浸出来，脸蛋儿便淡淡地红，香气撩拨着一颗心，滚烫慌乱，彻夜失眠。

总要好好地怀一场旧，才发现那时的你，是那样的你。

时光是一栋博物馆，每个人的回忆陈列其中，永远崭新。某一刻，你走进去，那些喜怒哀乐生活点滴，那些一刹那的欣喜或忧伤，那些藏在心里的爱，那些当时紧紧捧着的宝贝——

都在。

老去，也就没什么了，看着自己在流淌的岁月里慢慢改变模样，酸甜苦辣都尝过，也便更懂得如何抓紧时间，尽心尽力活下去。

总想好好地叙一场旧，才能找回旧日的你，是哪般模样。

你曾经天真，相信爬上屋顶就能摘到月亮；你曾经羞怯，一个微笑藏了几年；你曾经莽撞，要把摩托开进宇宙；你曾经情种，解开情人的扣子也解开他的心；你曾经热血，攥紧拳头试图砸破世界。

“很多年以后”，只有五个字，而那一场漫长岁月，你是怎样活过？

你是怎样从手足无措，变成四平八稳；怎样从爱这个人，变成爱那个人；怎样从简单变复杂，又从复杂变回简单。

足够的时间与历练，终能让你摸清生活方向，才发现曾经那样晕头转向跌跌撞撞，也没什么不好，那些疼痛和快乐一样，都成为你的珍宝，再也舍不得丢下。

不用等老去，此时此刻，便是最好，让我把这本《旧物是好物》送给你，我们一起怀旧，也一起叙旧，一起到彼此的时光博物馆欣赏一番。

所有旧，都曾是新。旧日所爱，今日回头，仍像一场新欢。

目录
CONTENTS

~

搭出小王国

当年，撅着两个小辫儿搭积木的时候，并不觉得它们只是一堆作为玩具的小木头。

很认真地，小心翼翼地，甚至是带着感情地将一块块积木搭建起来，墙、门、窗、屋顶……一栋小房子就这样“变”出来，瞬间，就有了活力。

在孩子眼里，积木搭成的房子是属于她的一个私人小王国，想象着，有一个袖珍小人住在里面，从楼下跑到楼上，打开那扇红色的窗户，探出头来。

回想起来，那是对房子产生的最初向往。

彼时，小男孩们热衷玩塑料冲锋枪，呼叫着成群结队从巷子里跑过，为想象中的阵地奋力斗争着。

小女孩们则已经开始对建造一栋怎样的房子产生了兴趣。她把一堆积木搭了又搭，一定要搭得比图纸看上去更完美，除非她亲手推倒重来，否则擅自毁坏她“房子”的人一定会招来号啕大哭——

她并不觉得它们只是一堆作为玩具的小木头。

此时，男人们依然对房子这件事不大感冒，在哪里不是住？这栋房子或那栋房子，阳台大一点或朝向正一点，有什么区别？好像都差不多。

女人却远比了解一个男人更了解一栋房子，她之所爱，便值得倾注所有热情与耐性，从细节到宏观莫不逐一装扮成钟爱的模样。

那是她的杰作，让她可以安心地把一份爱情放在里面。

所以，结婚吗？男人再怎么觉得不好理解，女人还是要房子，真正属于她的——从她全神贯注搭积木那一刻起，这梦想，就是不可动摇的了。

仍记得一盒积木，翻开图纸那一刻就令人震惊，天呀，那简直是一座小小的城堡！

足有五层高，积木上刻着暗红色的花纹，各种形状的小木头闪着光亮，那么多块，兴奋的小孩子数都数不过来，只知道那是所见过的最豪华的玩具。

那种激动，好像霎时自己真的住进一座城堡。

无数个白天或夜晚，一双小手专注地将积木们垒放成形，忽然间，整个世界都安静，只有那座小城堡在慢慢长大。

“哗——”那是谁搭的积木，已经被推倒了，小王国正离她远去。恍惚之间，望着这城市林立的高楼大厦，它们的墙、门、窗、屋顶……

心里却还惦记着一个关于积木的梦，唱着，“我只想牵着你走到很远的梦里，小木屋红屋顶，地址是一个秘密。”

跑向北冰洋

一想起它，就是一股迅速弥散的爽凉——先是嘴唇，接着舌尖，然后“砰”一声，那种密密麻麻的小气泡细碎爆破在整个口腔——霎时一股爽凉自口腔蹿至周身，连每一个指尖都凉得一颤。

一定要喝最冰的，从冰柜里拿出来，玻璃瓶身上挂着一层凝雾般的霜，腾腾冒白气。

一定要在最热的天气，酷日炙烫，世间万物被晒得蔫成一团，汗水顺着脸直流过胸膛。就在热得五脏六腑即将着火之际，打开一瓶最冰的北冰洋汽水，仰头一饮而尽——

这个瞬间，几乎能听见浑身无数个毛孔一齐大声尖叫的声音。

那时，饮料还是个时髦的词儿。

有一则笑话，说一个农村老汉进城去看儿子，回来后，向村里人炫耀，说他渴了，儿子都不让喝水，而给他饮料。众村民闻之一愣，随即，哄堂大笑，他们说，你这儿子也太不孝顺啦，不但不给你水喝，还让你“饮尿”。

努力在记忆中搜刮，关于饮料，第一个冒上心头的就是北冰洋汽水。

简简单单的玻璃瓶，列队整齐地装在塑料箱子里，小卖铺的小伙子弯腰搬起一箱，里外进出，健步如飞。

小卖铺的门外，有时是一位骑摩托车的少年，在大太阳下被晒得眯起眼睛，他一条腿支地，顾不得停车就着急地冲老板喊：来一瓶北冰洋！

有一些烟尘飞扬。有一些柏油马路在烈日下绽裂黑色油渍。有一些树荫下聚满摇蒲扇的大人和哭笑打闹的小孩子。

那些炎热的日子简直让人想起《西游记》里的火焰山，日光穿云破风，要在大地上生火。

可是，无论多么燥热难耐，只要想起街边小卖铺的冰柜里正装满一瓶瓶沁凉的北冰洋汽水，哦……那是炎热日子里唯一能令人精神一振的希望。

总能想起那些汤烧火热一般的暑夏，正午，天地间一片刺目的白，连树上的蝉都叫得无精打采。大人给了我两块钱，派我去购买一家人喝的北冰洋汽水——那小家伙，一边咧着大嘴笑，一边攥着钱在巷子里飞跑，

北冰洋
ARCTICOCEAN
北冰洋

热浪卷裹身体，她也跑得劲头十足，五四三二一，小卖铺蓝色的窗户已为她打开。

其时心情，一瓶冰冻的北冰洋汽水之于炎夏，不亚于一片绿洲之于一个在沙漠中将要渴晕的人。

擦不去的痕迹

你是否还记得，在田字格里写下的第一个字？

简简单单的“一”，也写得歪歪扭扭。用力地捏着铅笔，一笔一画，可格子总是不够大，写下的字就像长了翅膀，飞到了格子外面。

文具盒里总少不了一块橡皮，用来擦掉那些写错的字迹。

那时流行一种橡皮，白色，薄而小的一块，上面印着卡通图案，还有香味。买回来，总舍不得用，自习课发呆时，就拿着闻来闻去，小狗一样。

小伙伴之间，会炫耀新橡皮，干干净净一块，上面的图案鲜艳完整，只要一天不用，它就是新玩具。

然而用旧了的橡皮，总会被更频繁甚至恶作剧般地用，它突然变得无比巨大，什么时候才能用完，换一块新的？

也有时忘了买橡皮，写作业时一不小心，就急得抓耳挠腮。

前桌，后桌，同桌……你一定都和他们借过橡皮吧？就像歌里唱的："你从前总是很小心，问我借半块橡皮。"

有时实在借不到橡皮，只好用手去擦那个写错的铅笔字，擦得食指一团乌黑，作业本也一块乌黑。

有橡皮在手边，就会多一些安全感，因为知道有些错误就算犯了也没关系，还可以擦掉重来。

所以，升到小学四年级，第一次听老师说，以后写作业都要用钢笔和圆珠笔时，真是惊慌失措。写错了怎么办？再也不能用橡皮擦掉，再也没有重来的机会。

长大后才知道，已经发生的事情，很难了无痕迹，不仅错别字，还有生活里每一部分。

偷偷喜欢一个人，无论多小心，藏得住动作，却藏不住眼神；离开的人，无论遗忘了多久，某个时刻会忽然想起来，清晰如昨。

受过的伤，摔过的跤，笑容泪水，悲欢离合，一条来路，密密麻麻铺满的，都是我们留下的痕迹，少了哪一点，我们的故事都不再完整。

所有经历，无论对错，都让我们更加与众不同。

很久以前的情歌里唱："挥别错的，才能和对的相逢。"因为并没有一块万能橡皮，可以修改所有错误，呈上完美答案。

唯有认真地走，不断修正方向，在生活试卷上，无怨无悔地写下每一步。

Andante
dolce

成人玩具

那时刚上一年级，班上发了一批玩具。

都是再简易不过的小玩意儿，彩色弹珠，小皮球，可以戴在手上一开一合的塑料贝壳。我一眼看中了那只上了弦就能蹦蹦跳跳的小青蛙。

多么高科技，简直让一个七岁的孩子心也跟着“怦怦”跳。

老师说，大家要交换着玩。那只小青蛙，却一直揣在全班最漂亮最受宠的女生书包里，她总是很骄傲地拿出来，让它在课桌上蹦跶几下，又“嗖”地塞回去。

我求她把小青蛙给我玩一会儿，她就瞥我一眼，转身走开。

我只好压着强烈的好奇心，仍然像往常那样，陪她玩游戏，陪她走回家，陪她做很多她觉得开心的事。

她像只坏脾气的天鹅，而我是丑小鸭。

有些难过，也就那样悄无声息过去。孩子的世界里，有太多快乐，就像每天一睁眼，先跳到电视机前按开关，早间动画片里那只天真的小鼹鼠，又在洞里挖出了新故事。

那时三月，柳树发芽，柳条泛着鲜嫩的绿，要爬到高处，折一条下来，用手攥紧前后拧动，树皮就会松落，截断，用嘴一吹，“呜呜”作响。

再热一点，河涌水暖，牵牛花遍野，泥土柔软得可以打滚，一柄细细的鱼竿，尽力甩向最远处，等着钓上一只愣头愣脑的小鱼虾。

更热一点，蝉便藏在树叶里“嘶嘶”叫，无休无止。趁大人揉面时，揪下一团，在水里反复淘洗，粘在竹竿一头，便是利器，能粘住蝉的透明翅膀。

最热的时候，风静止，汗水凝在皮肤上，阳光刺得人闭起眼睛，整个世界仿佛包在火里，只有电扇徒劳地转动。

睁开眼，便是一场梦醒。

最终，还是没得到那个青蛙玩具。成年人的世界里，有人把金钱当玩具，纸醉金迷；有人把爱情当玩具，遍地遗情。

人们需要玩具，人们争夺玩具，人们竭尽所能为自己制造快乐。

不知那个独占青蛙玩具的女生，后来过得快乐吗？她是否一直拥有挑选和占有玩具的权力？那只丑小鸭，早已不对青蛙玩具感兴趣，但她也一直没学会争夺。不知她是否还会，遇见她？

真庆幸，曾那样浑然不觉地快乐过。

麦芽糖时光

她和他一起玩过家家。

瓶瓶罐罐，树叶泥土，在地上铺一块旧桌布，就是一个家。两人面对面坐下，端起“碗碟”，“工作一天辛苦啦，快吃饭吧！”学着电视剧里的样子，认真地说。

“上班”，“下班”，“吃饭”，能消磨一上午。然后就听到大人喊自己的名字，炊烟从家家户户房顶上升起，像一些清淡柔软的旗子，仔细闻，有菜肉在热油里爆炒的香气。

她和他一起跑呀跑，拉着手，嘻嘻哈哈，把风都喝进肚子里。

街口的小卖店，门外搭一个零食摊，麦芽糖泛着黏稠的黄，诱惑每一个路过的小孩。兜里的几毛钱已经攥成一团，这时再也忍不住，一把掏出来，要让那些甜甜的糖粘在牙齿上。

她和他一起吃麦芽糖，一边吃，一边故意龇牙咧嘴，让那些丝丝缕缕在嘴里拉扯，甜得两人摇头晃脑。

吃完麦芽糖，再一起去买气球，她要红色，他要蓝色。

他用力地吹，气球“砰”一声破了，吓得她大叫一声，他却甩着破气球，获胜似的笑。他还要吹她的气球，她不肯，两人拉拉扯扯，“啪”，气球扯烂了。

从那以后，她和他再也没有一起过家家。

街口的麦芽糖，是在哪一天消失了踪影呢？小卖店拆掉了，盖起一家大饭店。她和父母去吃饭，饭后甜点是蛋挞，新鲜出炉，甜美清脆，她却有些恍惚。

那家小卖店呢？小卖店的麦芽糖呢？街上仍然有孩子跑过，手里是崭新玩具，他们再不会为了一点糖而小心翼翼地掏出零钱。

不记得什么时候长大，只记得再也没见过他。

在气球吹破之后，麦芽糖消失之前，她和他，各自变了模样，碰过几次面。她穿着灯笼裤，嘴上偷搽着大人的口红；他留着蘑菇头，牛仔夹克半搭在肩上。

她和他擦肩而过，都低着头，一句话也没说，却没来由地心慌意乱，走得深一脚浅一脚。

应该打个招呼的，故意装作忘了曾经那些快乐和尴尬，重新认识一遍，一起去吃麦芽糖，或者一起去做些甜蜜的事。

然而，有些擦肩而过，是就此别过，那是两人生命轨迹里，最后一次近距离相对，从此天各一方，越走越远。

她会永远记得，那场麦芽糖的时光。

中国传统麦芽糖专家
五十三年出口历史
纯
麦芽糖
正
（麦芽糖饴）
保质期:24个月
净含量:550g

土耳其
哈萨克斯坦
亚
中华人民共
沙特阿拉伯
伊朗
伊拉克
阿富汗
巴基斯坦
克什米尔
尼泊尔
印
度
科伦坡
马德拉斯
埃塞俄比亚
印
度
洋

穿越地球遇见你

认识一些热爱旅行的人。

他们像风一样，绕着地球，吹过一个又一个地方。他们的足迹遍及世界各地，冰箱上贴满从不同国家带回的冰箱贴，也有时带回的是一场爱情。

那种感觉很奇妙。世界庞大纷杂，人海茫茫，地球上某一个不起眼的角落，忽然间，就有了一场相遇。

时间，地点，人物，一切刚刚好。差一秒，差一步，都会错过。

十几年前，周杰伦刚出道时唱过一首《可爱女人》："世界这样大，而我只是只小小的蚂蚁，但我要尽全力保护你。"

你是否也揣着一个环游世界的梦想?

看武侠小说时，渴望行走四方闯江湖；听摇滚乐时，又渴望蓄起长发浪迹天涯；看电影时，还渴望和鲁滨孙一样走遍天下去冒险。

小时候，第一次看见地球仪，多

么新奇，简直无法想象，全世界被浓缩在一颗小小的“人造地球”上，还有那么多未曾听说的地方。

然而，那时觉得地理课好无趣。

没完没了地背诵地球构成、地形分布，大洋、大洲、国家首都，一堆名词解释让人闷得发慌，总是走神。窗外的小世界近在眼前，书里的大世界枯燥遥远。

小伙伴们像玩具一样转动地球仪，让它快得像陀螺，也像小国王似的，伸手一指，这个地方是我的！

那时，一切都简单。你踩在小板凳上，扬扬自得地说着，长大了要给父母买汽车买飞机买大房子买大轮船。

世界不过是一个地球仪，轻松旋转，就像遥远的童话。考试时，偷偷在小抄里搜寻关于地球的每一部分；铃声响起，就一哄而散，小卖店的雪糕和电视里的动画片更有吸引力。

直到很久以后，仍然有人在小世界里自得其乐，有人在大世界里尽情闯荡。

尽管宅在自己的小圆圈里，却还是喜欢在书房里摆一只地球仪，疲倦或无聊时，就让这个小地球慢慢转动，看着不同的地方，想象未曾发生的故事。

如果注定相遇，希望我们坚持走下去，就算绕过整个地球，也要在对的时间遇见你。

在那之后，无论环游世界还是足不出户，我都愿意。

大团圆结局

课堂上，数学老师讲圆规作图，很严肃。

课间里，圆规却成了学生间风靡一时的玩具。它能画出标准的毫无瑕疵的圆，大大小小，罗列在一起，能变出很多奇妙图案。

喜欢的男生过生日，要送他手工卡片，上面用圆规画出一个圆，涂成橘粉色，再用钢笔写下祝福话语。

其实，话里有话，他可否识出其中滋味？

心中忐忑，足以让一个女生，体会人生中第一次失眠。灯灭了，星亮了，她的眼睛在黑暗中眨呀眨，圆规在脑海里画着一个又一个圆。

写下的字句，一个个消失，又一个个出现。他看了吗？他懂了吗？

那也是第一次盼望属于自己的大团圆结局。她与他，心有灵犀一点通，从此，每一次擦肩而过，都可以相视而笑；每一次结伴回家，都可以趁

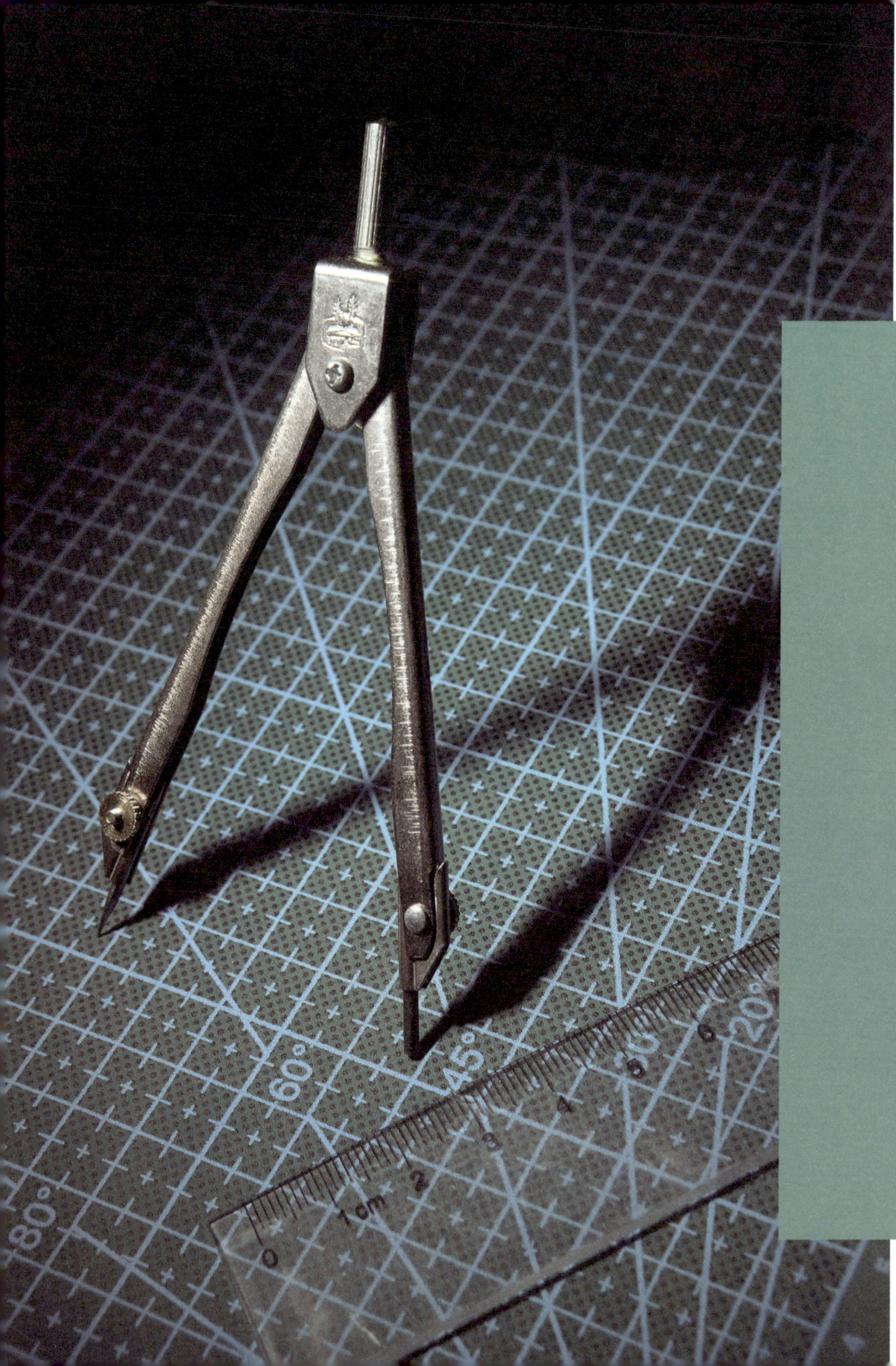
60°
45°
80°
0
1cm
2
3
4
5
6

机拉一下手。

然而，与圆规画下的圆一样标准的，是第一场爱情永远不会圆满。

他没有看懂她精心制作的卡片上意有所指的话，或者他故意装不懂。他仍然奔跑打闹，仍然大声唱郭富城，仍然吐一口气，把刘海吹得飞起来。

他笑，他伸出手，却是对另一个女生，那个没送过他卡片，更没在圆里写下悄悄话的女生。

一瞬间，再完美的圆，都失去了意义。

言情小说里写，每个人都是半圆，在茫茫人海中寻找另一半，找到了，才能成为一个完整的圆。

它却没说，要失败多少次，要失望多少次，才能遇见对的一半，就算遇见了，也未必就能组成一个完美的圆。

数学老师敲着黑板，要大家拿起圆规，画出圆，标出角度，仍然严肃。它又变回了一本正经的工具，不再是玩具。

一时兴起，总是很快意兴阑珊，此后多年，再没拿起过一个圆规。

也不再追求大团圆结局。奋不顾身地爱过，心里深深地刻上一道，是强烈的快乐，也是强烈的痛苦，哪怕只有片刻，都值得；哪怕隔得再久，想起来，心头一热。

如果注定遇见你，那么，圆也好，方也好；坦途也好，波折也好。只要遇见，便是属于我们的——

大团圆结局。

每一页都是一个梦

童年的我们，有自己的宝藏。那是一支塑料玩具枪，一个不倒翁，一些烟盒糖纸，一本本的连环画。

连环画几乎是最重量级的宝藏，它填补了孩子心中的寂寞时光。有时可以忍住吃零食的冲动，央求大人，“可不可以再给我买一本连环画？”

那些黑白的小人书，彩色的连环画，一打开就跌进一个童话故事里，那些纸上的人物、动物全都鲜活起来，在眼前走动，他们去历险，去解决难题，遇到各种神奇的事。

连环画放在小孩的膝头，他从来没有那么安静过，眼睛紧紧地盯着画册，表情随着故事情节而一张一弛，有时看着看着就睡着了，那些奇妙故事就一起钻到梦里去。

不识字的时候，就开始看连环画。

《聪明的一休》、《阿里巴巴与四十大盗》、《骄傲的将军》、《哪吒》、《丁丁历险记》、《铁臂阿童木》……

慢慢认字，一本本连环画翻了又翻，书的页角已经卷皱，黑白小人书有了淡淡的黄色痕迹，却还是会当成宝贝一样揣在书包里，和小伙伴们一起分享。

孩子们相信这世界充满魔力，对一切童话故事都认真对待——如果遇见机器猫，我要让它在口袋里掏出些什么？“美少女战士”里的夜礼服假面，好帅，我喜欢他；圣斗士的战斗还在继续，我的小宇宙怎样才能爆发？

我们沉浸在自己的梦幻世界，希望有一天能像那些卡通人物一样经历传奇。

所以一遍遍永不厌倦地看连环画，一遍遍永不厌倦地请求大人读“格林童话”和“安徒生童话”，在故事中睡去，做了一些五彩斑斓的梦。

电影连环画册
武林志（上）
改编：金戈
中国电影出版社出版
中国电影出版社
一二〇一工厂印刷　新华书店发行
1983年10月第1版
1983年10月北京第1次印刷
开本：787×1092毫米　1/64　印张：2
统一书号：8061·2240　定价：0.22元
中

是什么时候长大的？那些连环画最后不知所终，我们也很少再做梦，用手掀开遮住世界的帘子，看清了一切。

那又怎样？赖着不愿长大的人，还是一而再地将童年期拉得更长，我们看漫画，看动漫，在网上眼巴巴地盼着它们更新，在学会成熟世故地与这社会交手之后，偶尔腾出一点儿时间，跟随那些卡通人物一起，喜怒哀乐。

书架上依然存放着多年前的连环画，褪了色的小人书，那些熟悉得倒背如流的故事，烙在记忆里。

那是一生中最美妙的时光，我知道，所以永远不要把它抛弃。

~

方便爱

面条，是一种令人热爱的食物。

小时候，“轧面条”是一种生意。街口某一家小店里，面条机真的是一台高大笨重的机器，面和水倒进去，合上电闸，机械大嘴开始低吼咀嚼。

第一遍吐出不成形的面片，再一遍是完整的面片，第三遍才轧出面条。

要吃打卤面，一定要当日新轧的鲜面条。我总是被大人派去轧面条，双手提着半篮子面粉，顺着一条细马路，走啊走啊。

面条店的老板是个宽脸盘儿的中年男人，从来不笑，威严如墙上贴的关公。有时面条机“嘎嘎”作响，只有我和他。

他会问，“你几岁？上几年级？”我紧张地攥着衣角，声音像蚊子一样，只盼着面条快点轧出来。

第一次吃方便面，是华丰三鲜伊面，仍然不太相信，开水就能泡熟一碗面。

慢慢却成了习惯。

中学时，早上七点半就要上课，起床时，北方冬天的太阳还没出来，铺天盖地的冷，寂静无声。

暖壶倒出的水，已经不太热，也能泡熟方便面，吃进肚子一团热乎，然后撑在课桌上大声背诵《出师表》或者化学公式。

犯懒时，方便面；忙碌时，方便面；饿极了，方便面；失恋了不想出门，方便面；热恋了想亲腻在一起，就两个人围着一个小电炉，煮方便面。

当你回想起来，也许那些爱情已不知所终。

他不知天高地厚地说过，“一生只爱你一个”，她天真无邪地相信过；他曾卖力地蹬着自行车，

我们做好面 您可以信赖
华丰
三鲜伊面
蔬菜更加量
和面用高汤

大声歌唱，她伸出手抓着那些温暖的风。

然而离去时，他们连一句“再见”也来不及说，连温柔地抽手都没学会。

有时，爱情就像即时充饥的方便面，在恰当的时刻出现，一样令人满足。只是不会长久，你要成长，就需要更多营养。

我们都这样冒失莽撞了一场，才学会怎样去爱。

或许，还会一起煮方便面，放进青菜、鸡蛋、火腿，也放进时间和誓言。碗烫手热，这一场陪伴，无论结局如何，我们都尽力而为，呈出最好的部分。

一碗方便面，三分钟，便能熟透。一场爱情呢？心动或许只要一秒，却能让你铭记一辈子；伤害或许只有一次，却能让你永无对策地疼。

尽管如此，爱情仍是比饥饿更难阻挡的事。

夜色中的一点光

夜晚比白天更热闹，因为有灯光。

街上霓虹艳丽，室内灯光灿烂。一盏盏路灯亮着，一个个窗口亮着。楼道里有人经过，声控灯“倏”地悄无声息撒出一片光。

倚在床上看电视，把床灯的光调暗一点，眼睛舒服。坐在飞机舱中，按亮头顶的小灯，一小撮光射下，看书看报。

城市的夜，到处都是灯光。

多情的人站在街上，“那一点光，那一点亮，那路边的窗，有没有人还会把浪漫当回事”，他凝望的窗口，是不是灯光也“咔嗒”一声熄灭?

“咔嗒”一声，来自一盏古老的台灯，翡翠绿或玉兰白的玻璃灯罩，珍珠黑或古铜青的底座，一条细细的灯绳垂着，圆灯泡像一只透明的眼睛，在床头、书桌或会议室，四处张望。

等待夜幕降临，“咔嗒”一声，高兴地发出一小片光亮。

这台灯，年代久远，谍战剧里总有它出现。在寂静紧张的氛围中，有人皱起眉头，有人笑里藏刀，有人饰演多重角色，有人活着，有人死去，一切复杂与斗争浸泡在夜色里，又在这盏台灯的光里暴露出来。

“嘣”一声枪响，台灯被急匆匆地拉开、关上，仿佛在观众的神经上弹琴。

不论客厅里的吊灯多么华丽照人，床头一盏小巧的台灯总是不可或缺。

一天中最充裕的闲暇在夜晚，舒舒服服地倚在自家床上，用最大的枕头垫在背后，打开台灯，翻一本新或旧的书，让那些小字小句在灯光里跳跃舞蹈，它们跑进你心里，安营扎寨过日子。

灯光熄灭时，与你一起睡去。

小时候，台灯的灯绳也是一种玩具，拉开关上，忽明忽暗，“咔嗒咔嗒”，无聊的小孩托着腮，一下下不由自主地拉着灯绳。

那时的夜晚繁星漫天，推开窗，槐花的甜味儿就飘进来。台灯的光晕让一扇窗有了温柔的光亮，小姑娘忍不住猜测，自己的背影映在窗前，是否有一个男孩在深情凝望?

“那一点光，那一点亮，那路边的窗，有没有人还会把浪漫当回事。”如果夜晚还是那样安静，台灯的光还是那样温柔，就让我打开窗，看看你是谁。

剪不断，理还乱

一把王麻子剪刀，曾是主妇的最爱，那能显示她的心灵手巧。

裁剪衣裳，剪刀在彩色布料上鱼一样游动，横平竖直，斜的角度也分毫不差；剪鞋样儿，更要分寸弧度精准到毫厘，做出的鞋穿在脚上，天生一对般妥帖合适。

有时，巷子里传来吆喝声，“磨剪子嘞——抢菜刀——”她就拎了剪刀出去，叫住那小贩，让他在磨刀石上好好磨一番。

磨得剪刀的刃闪出白光。

用熟的剪刀，拿在手里，仿佛浑然一体。丝线轻轻一碰，便断了；布匹从这头到那头，“喳”一声分成两片，一气呵成。

刚磨亮的剪刀，不给小孩碰，一不小心就会划破他嫩嫩的小手。

然而，小孩想要剪些什么，家里也只有一把“王麻子”。他把纸折了又折，握着一把大剪刀，在折痕上剪出密麻小孔，展开，就是一朵简易窗花。

或者给自己剪个刘海，模仿明星卡片上的造型，“咔嚓”一声下去，结果，只剩下后悔。

一把王麻子剪刀，也曾是主妇最重要的居家工具之一。一家大小，缝缝补补，男人穿破的袜子，小孩扯破的衣裳，穿短的裤子把包边拆开熨平，又能穿一年。

勤俭，也辛苦。

所以，她总是格外宠爱女儿。不教她剪裁，也不教她做家务，只教她聪明漂亮，教她拿起笔比拿起剪刀娴熟一万倍，教她像只小鸟飞出去，飞向更大的世界。

城市里，洗衣店可以把任何一件衣裳洗净熨平，缝纫店可以把任何一件不合体的衣裳改得严丝合缝。

家中抽屉里还会备一把小小的剪刀，大概是用来拆开快递包装。

新一代的姑娘，活得如一把锋利剪刀，修剪生活，让它更如自己所愿。如果她要做主妇，那不是必须，而是喜好；不是倚赖谁，而是爱上谁。

她仍然会为爱情纠结，剪不断，理还乱。她也可以随时选择坚持或放

弃，她撑着自己的世界，失去再多，都留有一方壁垒。

巷子里的吆喝，和抽屉里的王麻子剪刀，都很久没有出现过。

那些剪断的，终究变成一场飘散往事，失去了踪影。那些剪不断的，连着你的心，一碰就疼，也许此生便这般，藕断丝连。

快乐时，就吹一个泡泡

在吃第一块泡泡糖之前，我从来不知道，糖是可以吹的，糖是不可以咽的。

电视上已经有泡泡糖广告，我还是觉得不可思议。街口小卖店里，泡泡糖长方形薄薄一块，让我盯着看了好久，试图琢磨出其中奥妙。

剥开糖纸，泡泡糖长得像一块橡皮，放进嘴里嚼，也不是特别甜。嚼啊嚼啊，像一团嚼不烂的面团，然后吐出来，用手捏扁扯平，开始吹……

哪来的泡泡？骗人。

当然，很快就掌握了技巧，不仅吹出泡泡，还吹出很大的泡泡，“啪”地胀破，贴满半张脸。

学校的小伙伴们，不再拿着树枝追来跑去作战，而开始比拼谁更会吹泡泡糖——总是煞有介事拉开阵势，快速用力嚼一阵，然后噘起嘴唇，气息慢慢呼出，一个白色泡泡越来越大。

围观的人群禁不住拍手叫好。

最顽劣的男生，把泡泡糖粘在女

泡泡糖
PaoPao
TANG

生头发上，她怎么也擦不掉，急得哭起来，他却满脸得意地跑来跑去，好像自己干了伟事一桩。

泡泡糖很是火热了一阵，很快又销声匿迹，自有更新鲜有趣的事物吸引孩子的目光。

再一次吃泡泡糖，是二十岁的矫情时段，顶着一头“杀马特”造型，五颜六色的眼影，口红在嘴上闪闪发光，故意面无表情地嚼着泡泡糖，吐一个泡泡，翻一个白眼。

在青少年眼里，那是酷。

男生笨手拙脚地学着言情剧里的样子，讨好女生。他在皱巴巴的白纸上写信，他在笨重的电脑上敲打情话，他说，我愿意给你买很多很多泡泡糖，让你吃一辈子。

很久以后，你总会察觉曾经的甜言蜜语有多么可笑，可在当时，你会心花怒放，以为看到了一场浪漫美好的未来。

太年轻的恋爱，很甜，也很短暂，像泡泡糖一样，气泡一个又一个爆破，很快变得索然无味。

“啪”一声，你闭起眼睛，世界就换了个样儿。你的模样变了，喜好变了，喜欢的人也变了。片刻愉悦，被遗留在久远的回忆里，不再想起。

偶尔，吃口香糖的时候，那感觉有些像泡泡糖，忍不住试着吹一个泡泡，很小，很快破掉，但让你笑起来。

那种快乐，和第一次吃泡泡糖时，其实是一样的。

收音机里的花花世界

海燕收音机可谓是收音机家族里的大块头。

当年，它牢牢占据着我们家组合柜的一格，银色转钮充满高科技的感觉，褐色的木质外壳高端大气，甚至，风头盖过那一台小小的熊猫黑白电视机。

北方人习惯把收音机叫“匣子”，我们说，听匣子。

小时候，很多资讯都来源于它——一台如今看来太过笨重的收音机，在当时却等于小孩儿的半个老师。

漫长酷热的暑假，云朵飘在遥远湛蓝的天上，槐树长出一串串豆荚，白天的知了叫得声嘶力竭，

中波
MW
550
600
700
800
1200
500
400
300
250
200
KHz
海燕

晚上的蛐蛐儿藏在红砖墙缝里兴奋得要磨断了翅膀。

大段空闲的时光，都是与这台收音机相依为伴，听它絮絮叨叨地诉说一个看不见的花花世界。

收音机里一句“小喇叭开始广播啦！”把多少人拽回童年回忆？

那些夏日长夜，无数个童话故事伴随着摇晃的蒲扇一起飘进孩子的耳朵，躺在庭院里的凉席上，仰望漫天繁星，遐想属于自己的童话故事。

就是在一部收音机里，我们听熟了《水浒传》、《薛家将》、《赵匡胤演义》。

我们学会了《苏三起解》、《铡美案》、《花木兰》。

我们被《逗你玩》逗得哈哈笑。

我们写信去点歌台，我们听流行金曲排行榜，我们迷恋一个声音动人的

DJ，我们与情感节目的主持人一起思索某段纠结爱情的答案。

很多日子，好像就那样伴着各种琐碎的声音过去了，拧动收音机的转钮，那些清晰或嘈杂的电台一个一个如同浮沉在无形的雾里，忽而钻进一个人的耳朵。

后来普及了袖珍半导体收音机，可以装在衣兜里，可以塞在枕头下，可以用耳机独享私人电台，当然，收的台更多更清晰。

海燕收音机基本成了摆设，因为个头儿太大，有人一直舍不得丢。

去别人家串门，看见这大块头无声无息地闲置在角落，一副沧桑之相，问主人，“还留着这么老的匣子呢？”他才记得看它一眼，说，“哦，其实也没用，早就不听啦……”

真的很久很久不再听收音机了，任何一部收音机。可是，每一部旧了的收音机里，都收留着关于某一个人的寂寞或欢乐。

恋上你的暖

有时，你会忘了曾经的冬天，有多么冷。

只是去街口买几个馒头，也要穿上大厚棉袄，一路手都得揣在口袋里。回来时，提着馒头的手在寒风里，很快冻得生疼，似要裂开。

某些夜晚，格外黑，天空像撒了墨。

第二天一拉窗帘，铺天盖地的雪，白得刺眼，令人晕眩。玻璃上结了一层厚厚的冰花，形状奇幻如童话，舌头一舔就被粘住。

学校和家里一样，取暖靠的不过一只小煤炉。

每个孩子都穿得像个球，粗毛线帽子，厚得胳膊和腿都很难打弯的棉袄棉裤。尽管如此，手还是会冻得僵硬，甚至皴裂，写字握不住笔，纸上的字迹歪歪扭扭。

最温暖的时刻，是每晚入睡时，塞在被窝里的一只热水袋。

那一股温暖，恰到好处，焐着孩子冰凉的小脚，让他像泡在水里的茶叶一样慢慢舒展，脚热了，浑身都热了，不知不觉睡去。

冬天年复一年地冷着，而城市里集体供暖的房子里，炽热如夏。

呼啸北风里，姑娘穿着丝袜，美得强悍。男人想要打动她的心，却仍要靠“温暖”，一杯姜糖水让她暖胃，一个热水袋让她暖手。

说多少滚烫的话，不如用实际行动给她送一个温暖。

什么是爱呢？就是你还没饿，我已经担心你饿；你还没闷，我已经担心你闷；你还没冷，我已经担心你冷；不论零下多少度，只要你打一个喷嚏，我就立刻脱下外套裹住你。

我可以风吹雨打，但是你要风平浪静，真正爱上一个人，甘愿做她的人肉热水袋。

只是有时，你适应了那样的温暖，习惯了被一个人无微不至地关心照顾，以至于丧失了自我保暖的能力，也忘记了寒冷是多么刺骨的感觉。

倚赖一种温暖，是很危险的事。

当失去唯一的温暖，你会像坠入冰窟，四面八方、分秒不停的冷，让你只剩下强烈的恐惧与绝望。

也许总要过这一关。借着某些爱情取暖，就要在那撮火焰熄灭，冷风穿膛过肺时，靠自己亲手捂住，回神升温。

人间从来有暖，也有冷。

最好是自己心里有一团火。遇见你，便一起燃烧；离开你，也不会冷透。始终温暖着，不论冰天雪地，还是春风艳阳。

甜蜜诱惑

甜，是一种诱惑。

热恋时，姑娘是甜的，她变成男人口中的甜心。她一笑，他整个世界融化；她一句温柔语，他五脏六腑都甜得冒泡。

爱情有多大吸引力，甜就有多大吸引力，比如糖。

小时候吃过很多糖。小卖店的玻璃柜台，五颜六色的糖总是让小孩趴在上面，看了又看，直到大人催促，直到上学快迟到。

兜里几毛零钱，只能买几颗糖，小心翼翼地挑选，宝贝似的揣在身上，走路时，不由自主就快乐得蹦蹦跳跳。

糖在嘴里融化，那么甜，足以止住眼泪，足以制止胡闹。

大人喜欢用水果糖哄小孩，给他一颗，可以甜滋滋含半天。我却总是急着“嘎嘣嘎嘣”嚼碎，糖渣儿在舌根甜得发狂，咽下去时，忍不住闭起眼睛。

然后，又伸出手，再要一颗。

这一颗，竟然是大虾酥。第一次

大虾酥
北
京

吃，就震惊了我的味觉。裹着浓香的甜，用牙轻轻一嗑就碎了，细小颗粒在嘴里奔跑，钻进每一个味蕾，甜得人愣怔。

世界上怎么会有这么好吃的糖！

那是人生中第一次，对诱惑的抵抗力全线崩塌。大人发现，我吃起大虾酥就像无底洞，一颗接着一颗，根本停不住。

他们只好把糖藏起来。我则成了一只偷糖吃的小耗子，趁家中没人时，就一通翻箱倒柜，连每一个衣服口袋都不放过，终于在书橱角落发现了它们……

那时觉得，能每天吃大虾酥，就是最幸福的人生。我躺在床上，窗外天高云淡风清凉，大虾酥排着队进了肚子，睡着时，嘴里还含着一颗。

那种甜，深深烙在了记忆里。

长大后，每次经过超市的糖果区，看见酥糖堆成小山，都会想起小时候把家里翻得底朝天，累得满头汗，终于发现藏匿的大虾酥那一刻，多么惊喜。

现在的小孩对它已经没太大兴趣，他们仍然喜欢甜，但有太多可以选择的甜。

小孩要糖，大人要爱，我们都想要甜。在生活里辛苦一场，为的就是甜蜜褒奖，为此我们不惜等待、寻找、尝试，直到遇见对的那个人。

那是我们的糖，揣进心里，就是最幸福的人生。

~

夏夜的味道

记忆中的夏夜，天很黑，星星很亮，收音机里的音乐节目播放着新歌榜，没有风，空气干燥温热。

家家户户的主流夜生活就是，乘凉。

那时经常停电，屋外比屋内凉快。院子里铺一张席子，人手一把扇子，大人躺着闲聊，小孩拿手电筒当玩具照向半空中，看光柱消失在遥远尽头。

总少不了一瓶六神花露水，涂在身上，清凉又驱蚊，气味并不芳香，但是特别，独有的属于夏天的味道。

一个又一个夏季，一个又一个夏夜，说过无数故事。

王子历经艰险，解救了公主；女巫诡计多端，却总是失败；老房子里的人一抬头，望见了墙头的美女蛇；书生桌上烛火一灭，狐狸精妖媚的脸

清凉舒爽 祛痱止痒
六神®
花露水
中国驰名商标

便迷住他的心智。

那些故事随着花露水的香味一起飘散在夜里，让小孩觉得神秘莫测。

有时，啃几块西瓜，心满意足地躺下，望着那一片闪烁星空发呆。星星密密麻麻，一条“银河”隐约飘过，牛郎星，织女星，北斗七星，猎户星座……

恍惚间一伸手，就能碰到它们。也许爬上楼顶，就可以摘到星星，摸到月亮，或者采下一朵云？

曾经夏夜，没有现在的电视节目、电脑游戏、智能手机；没有明亮灯光、变频空调，以及冰箱里永远吃不完的饮料雪糕。

它有另一番乐趣。

可以打着手电筒去墙缝里抓蛐蛐，要抓个头儿最大的，叫得最响的，放进玻璃罐里，整夜都有了伴奏。

或者再远一点，去树林茂密的地方，抓还没变成蝉的“知了猴”，土黄肥腴的一只，攥在手里，挠得手心疼，回家用盐水泡一夜，第二天热油煎炸，香得小孩摇头晃脑。

也免不了被蚊子叮得满身包，涂了花露水，吹着风扇，又凉又痒又累，翻来覆去终于睡着，又是一天太阳升起。

多年过去，老房子变新房子，纱窗密实，空调冰冷，夏天被隔绝在窗外，夏夜也不再需要露天乘凉。

我还是常备一瓶花露水，哪怕只是在钢筋水泥的狭小阳台上，哪怕城市的霓虹已经冲淡了星光，夏天里，还是要吹一会儿依稀自然的风。

回不去童年，至少能回忆那一场夏夜的味道。

一笔一画

一笔一画，是你第一次学写字，用中华铅笔。

田字格好像永远不够大，字的笔画又好像永远太复杂，它们顽皮小兽一样，把头和脚伸到格子外面。

一页作业，看起来如一桩“惨案”，乌黑，混乱，每个字都变形。

上课时，老师总是先要默写汉字。课桌前的小家伙们，一个个紧张得额头冒汗，打开文具盒拿铅笔，竟觉得铅笔变重。

一，二，三……到了“四”，就要花些心思才能记住。铅笔常不听使唤，写出的字，跟想象的差很远。

一支新铅笔，叫人兴奋，用小刀耐心地削，把铅打磨得很细，在雪白的纸上写字时，有轻微“沙沙”声。

最终铅笔会变成铅笔头，写字的人耐性也被耗光，攥着随便去什么地方

TIAN GE BEN
田格本
中华牌
铅笔
10支装
中国制造
CHINA TOP BRAND
HB

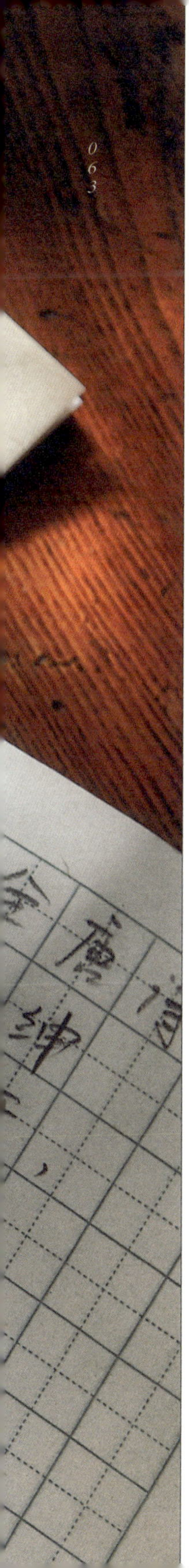

乱涂乱画，一道道黑色痕迹，被他遗弃在这个世界。

后来，钢笔，圆珠笔，毛笔，画笔，你记得自己写下过多少笔画？

几乎忘了铅笔的存在，直到考试时，才急忙跑到文具店，买几支2B铅笔。而有些答案，始终没有答对，或者没有答出。

那封情书，没有得到回应；那个默默望着你的人，没有得到回答；那句深情诺言，没有得到践行。

很多事，最终结局是随时间流逝，像铅笔字一样，在天长日久中褪淡颜色，直至消失，好像从无人写下，好像一切都未发生。

但是，你会记得最初，一笔一画写下的字，那么笨拙，那么用力。

写错了，没关系，另起一行便是；写得丑，没关系，自有温暖的手摸着你的头，鼓励你；胡涂乱画，也没关系，一天那么长，可以任意消遣。

何时失去了那支铅笔呢？你想留下些什么的时候，却发现手中空无一物。

我们用自己的手脚，在这个世界，写下了自己的轨迹。有一笔一画，也有慌乱歪扭，有的深，有的浅，不是一幅完美画卷，却是真实人生。

一定会有想抹去的一笔，也一定会有想加粗的一笔，可若是篡改，这场生活也便丧失了意义。

爱过，恨过；天真过，世故过；傻过，聪明过；付出过，得到过——那便是你，从开始到后来，心甘情愿写下的每一笔。

不存在正确答案，只要记得，我们曾那样活过。

~

最爱的，或喜欢的

那是一场奢望，带着小小的煎熬。

手里的五毛钱，究竟是买两根红豆冰棍，还是买一根雪人？有时，从走出家门口就开始纠结，一条巷子走到头，走到小卖铺冰柜前，纸币在手里攥得皱巴巴，心里却还没想好。

直到看见雪人那一刻。

一个小孩心里的脆弱防线，全线坍塌。雪人当然最好吃，浓浓的奶油味道，混合淡淡巧克力香，咬一口，绵软黏稠，整个口腔都沦陷在冰凉甜蜜里，那种愉悦，让人想闭起眼睛转圈。

一天只有五毛钱，上午吃了一根雪人，下午就没有冰棍、水果糖和瓜子吃。没关系，就慢慢吃，小口小口，小心翼翼，让愉悦在舌尖停留更久一点。

雪人是一种隆重的零食，不能任意消遣的快乐，所以显得格外诱人。每次得到五毛钱，都要问自己，你是要一个最爱的，还是要一堆喜欢的？

那会成为我们长大后也要面对的问题。

最爱的，总是稀有，需要时间、金钱、精力，需要等待、思念、煎熬，但得到那一刻，幸福感如浪潮席卷身心，让人飘飘欲仙。

喜欢的，总是轻易就能拥有，拉起手，便一起看风景；拥抱了，便来一个吻；但无法铭心刻骨，留下来的只是一些轻微痕迹。

一根雪人，在夏天的阳光里，在槐树的绿荫里，在成片汹涌的蝉鸣里，在一双小手里，悄悄微笑。

很久以后回忆起来，总是风和日丽，天空湛蓝如梦，人像沉在水底的鱼。

有时，你吃过了无数种零食，超市冷饮区任何一种昂贵雪糕都可以随手拿起，冷饮店的冰激凌五彩缤纷，无数甜美味道讨好般勾引着你。可藏在你心里的那个小孩，再也没有曾经的激动喜悦。

我们的快乐，常与时间有关。

那时电视里播放的一部动画片，讲的也是一个关于雪人的故事，叫《雪孩子》。雪会融化，雪孩子会消失，看电视的小孩第一次体会到关于离别的伤感；第一次明白，无论最爱的或喜欢的，都可能消失不见。

很多年后，他长大成人，城市里或许不再下雪，公寓的冰箱里或许不再有雪人，他经历了得到和失去，却仍然像那个攥着五毛钱的孩子，满怀期待地等着——

下一场美好相遇。

飞行时光

如今经常坐飞机。

当年，我们却是那群看到天空中飞机飞过都会惊喜得欢呼的孩子。万丈高空之上，依稀分辨出飞机的翅膀，后面扯着长长一条白线，它要飞去哪儿？某座城市或某个国家？

不清不楚地想着，回家，拉开抽屉，那里有一盒飞行棋——不同颜色的小飞机安安稳稳地停放，随时准备经一双手而起飞。

如今的大姑娘盼望白马王子可以坐着私家飞机风光降临。

当年的小姑娘，只消一盘飞行棋，她就能笑语叮当地玩上大半天。

有时，因地制宜，一张棋盘铺在大槐树下的泥土地上，大家围蹲一圈，各自据守四枚飞行棋，那像一场小小的气氛紧张的飞行战役，各人丢起色子来表情凝重，心中祈祷着吉利数字。

飞行棋起飞、降落、返航，有人眉开眼笑，有人气急败坏，槐花的气味随风吹过我们的脸，比口袋里揣的糖块更香甜。

如今玩游戏全靠一只右手，操控鼠标。当年玩游戏，偷偷把一盒飞行棋塞进书包，逢课间，招呼三四个小伙伴，将棋盘往课桌上一铺，抓紧时间“飞”起来。

棋盘很快变得破破烂烂，回家缠着大人要买新的飞行棋——不堪叨扰的大人心生一计，用两块玻璃夹住棋盘，四面以胶布密封。

不玩时，立于墙角，省地儿；玩时，择地而放，光滑明亮图案清晰，颇具观感和手感——哎呀，比买了新飞行棋还高兴。

如今，天空飞过的飞机，几分钟一趟。当年，天空飞过的飞机，几天才遇到一趟，轰隆隆的声音由远及近，小孩子停止玩闹，不约而同地望向空中。

也所以，总对飞行棋更多一些偏爱，那些彩色小飞机载着无数飞行小梦想。

忽然之间一抬头，无论晴空万里还是阴云连绵，那熟悉的“轰隆隆”声一传来，一颗心就随之在莫测的遥远高空划出一条弧线——它要飞去哪儿？某座城市或某个国家？

掷出色子，数字，飞行棋启程。

彩色飞行棋
CAISEFEIXINGQI

然后，好像只是一转头，站起身，手握一张机票，置身安静宽大的机舱中，飞向了另一座城市，另一个国家。

那枚飞行棋有否顺利到达它的阵地？我们在时光中飞驰着，抬起的手，攥着棋子，仿佛还没落下。

闹钟响起那一刻

实在是不喜欢闹钟……响起的那一刻。

那是无数个清晨，它刺耳而高亢的报时伴随老妈的高声叫喊，无论困得多么难以自拔，还是得挣扎着从被窝里爬出来。

心中悲愤又悲伤，暗暗发誓一定要为了将来过上不用闹钟的日子而努力。

那只恼人的闹钟，摆在柜子上，模样圆圆的憨憨的，玻璃表蒙后面是一只大母鸡领着两只小鸡仔，那副悠然自得的样子，与这个每天早上被闹钟强拉硬拽起来的小孩完全是两个世界。

所以在某些百无聊赖的时刻，我盯着闹钟，它滴答滴答按照自己的节奏一成不变地走着，越看

MADE IN CHINA
中国制造

越来气，扳倒，拼命拧发条，那只大母鸡顿时加足马力勤奋异常地啄起米来。

那算是对它小小的报复，或者，盼它早一点儿坏掉。

很快有了石英钟，时髦地挂在墙上，报时响起优美音乐。“鸡啄米”就被随便丢弃在一个角落，大人已完全不在意它落到顽皮小孩手中会是什么下场。

怎么会手下留情，被它打碎的不计其数的清晨美梦，终于换来了一场“恩将仇报”——手握改锥，抓紧闹钟又撬又敲，让它转眼间支离破碎，一肚子大小零件滚落四处。

秒针停止了滴答声，大母鸡也无法领着小鸡仔飞逃而去。还以为会发现一个隐匿的神奇密匣，可拆分之后却发现，没有一点儿惊喜。

丢开那堆闹钟残骸，飞快长大，一直未能过上不用闹钟的生活。

长大的人们互相说起童年趣事，居然都有拆闹钟这一项，结局也都一致，都没法再把它装回原样。

无辜的闹钟，为了讨孩子们欢心已经用尽了办法，那只会啄米的鸡真的惟妙惟肖……又能怎样？谁能抵挡好奇心的进攻。

就算没有“鸡啄米”，也会有其他闹钟，在每一个清晨准时扰人清梦，你敢不起吗？你敢不用闹钟吗？

女友的两岁儿子，每早七点准时提供叫醒服务，奶声奶气地在她耳边喊，“妈妈，起！”

——惹得用手机叫醒的人集体羡慕嫉妒恨：人家这“人肉闹钟”才最贴心呀！

内在美那一款

一块肥皂，名叫“电车”，出生于20世纪70年代，外表粗糙暗黄，味道清淡，去污力极强……你还记得吗？

回头望望二十年前，要洗涤衣物，第一个选择就是肥皂。

那一定是个大晴天，蝉声嘶嘶，树叶墨绿，在外面玩得满头大汗的小孩子跑回家来，推开院门，就看见妈妈正坐在一只小木凳上洗衣服。

大铁盆，木质搓衣板，一团团泡沫堆积在衣物上，旁边地上放着一块肥皂。

有时肥皂已磨成小小一块，要用掌心压住，在衣物上擦洗；有时是一块刚买回来的崭新肥皂，凑上去看，清晰的“电车”二字。

没人在乎一块其貌不扬的肥皂，与它是近亲的香皂被搁置在盆架上，有美丽的盒子装扮，而肥皂的落脚之处基本都是犄角旮旯，孤身一块硬邦邦地躺在那儿，半夜还有可能被饥不择食的老鼠当成磨牙的零食。

衣服脏了，床单被罩窗帘该换了，灶台上的油污重了，人们才会想起它，于是将灰头土脸的它从某个角落抓出来，淋着水开始一番清洁大工程。

而这款肥皂真是不懂粉饰自己，从出生到现在，也没有“皂大十八变”，还是那粗糙暗黄的模样，包装纸都不肯披一张。

清洁用品的大军已越来越百花齐放，洗衣粉洗衣液皂粉透明皂柔顺剂，个个一派华丽，广告也做得讨人喜欢，于是超市精美的货架上更完全不肯给“电车”肥皂位置了。

想来它也算身世飘零，曾红极一时，大家只爱它的内在美，洁净力才是第一位；而后易主，被打入冷宫，缤纷舞台上没有它出镜的机会。

我们是视觉动物，我们也难免喜新厌旧，内在美那一款虽一直保持水准与低调，只是，你还会不会选择它？

有人在一条老巷子的杂货店看到“电车”肥皂，惊讶于它居然还在生产。广东小老板叹着气说，“无乜人嚟买啦，又无包装又唔香，以前街尾有个阿婆经常买番屋企洗衫，所以仲入佐一箱，不过佢春节前都唔喺度了……”（没什么人买了，又没有包装，又不香，以前街尾有一个阿婆经常买回家洗衣服，所以还进了一箱货，不过她春节前就已经去世了。）

仍然有人在搜寻“电车”肥皂。

一些惦念，不是因为那事物有多美好，而是因为日积月累的习惯，因为那些全然忘记的，却忽然之间又拨动记忆的——情感。

恰似你的温柔

天气越冷，越想念温柔的感觉。那些温柔的眼神、拥抱、厚毛衣或爱，在下降的温度里，有着类似阳光般的发热功能。

有一首歌唱道，“你没有权利这么温柔地跟我说话，我俩不该这样下去……”

其实潜台词是以撒娇式的语气告诉那个人，我无法抗拒你的温柔，你再这样温柔下去，我我我……就会爱上你。

遇见温柔就会上瘾，无论那是人还是食物，比如一支炼乳。

谁记得已经是多少年的习惯，每次去超市备粮的时候，在面包区，总要顺手把一支炼乳放进购物车。

早晨的面包，上午的热咖啡，下午茶的水果拼盘，不加一点儿炼乳进去，就不想张嘴。在不知不觉中依赖着那种柔软滑润的感觉，尝一口，不用任何形容词而只有会心一笑。

它究竟有多少种吃法？

小时候当甜品吃，对着瓶口“豪饮”，怎么也不觉得腻。后来发现它简直是百搭神器——做刨冰，做酸奶，拌红茶，用开水冲了泡面包或馒头，佐龟苓膏，冲奶粉奶茶……似乎一切吃的东西，再加上它，都不会太奇怪。

甚至一份恋情，当温度开始下降，口感开始变淡，都想加一份炼乳进去，温柔地调和，这样他们就会再一次如胶似漆吧？

一女友，幼儿期的主食是炼乳，作为断奶期的主要辅食，不知是否因此她才长得柔情似水，轻声细语地出现在我们身边，恰好的柔，温和的甜，是那种舒服得让人舍不得离开的人。

而温度逐渐下降，正是需要男欢女爱的季节，谁不想与一个可爱的人在冷风中温柔相望，当刻体内生热，全世界阳光闪亮。他目光如水，她小手柔滑，靠近，拥抱，缠绵……

仿佛炼乳悄无声息融化于舌底，整个人满足地闭

请认明纸面镭射上光防伪标志
风行牌炼乳
加糖炼乳
Fengxingpai
净含量 450克
风行源自一九五二

目享受，耳边响起动情音符。

一支老牌炼乳，从小吃到大，没有厌倦，反而愈加依恋。

或许会一直吃下去，或许是习惯它待在冰箱一角，随时拿得到，如期望中的爱情，浓烈渴望之后是黏稠的眷念，不温不火地牵系着彼此，在每一个春夏秋冬温柔相守。

飞入寻常百姓家

当缝纫机像小燕子一样飞入寻常百姓家，那笔直匀称的机械化针脚实在让主妇们惊喜。

自己动手裁布做衣裳成为时髦，时装书热销，姑娘成群结队去上裁缝班，商店里的成品布花色缤纷。

豫剧里唱，“咱们的鞋和袜，还有衣和衫，千针万线可都是她们连哪……”

如果刀枪剑斧是男人的武器，缝纫机可算女人的武器，武功高强的“人机合一”，一应服装款式，瞄一眼就能做出来，妙手生衣，让一家老小有穿不完的殷红浅碧新衣裳。

飛人

娶媳妇，能否买得起缝纫机是衡量男方家境实力的标志之一；做媳妇，会不会使用缝纫机则是衡量女方是否心灵手巧的标志之一。

一架缝纫机，相当于一个私家微型布料加工厂——小孩儿的棉衣裤老虎鞋围嘴儿，大人的四季衣装鞋垫背心，家里的被罩枕套包袱皮，游戏玩的沙包，木头椅子的坐垫……

缝纫技术高超的人令街坊四邻刮目相看，敬佩赞叹之余纷纷求师学艺，裁缝班和裁缝铺都生意兴隆，缝纫机成为各家中不可或缺的一员。

很多日子，天空晴朗安静，老妈在客厅操作她的“飞人”缝纫机，细小的钢针“嗒嗒嗒”地响，我在咬着铅笔做作业。

一直以来，这种情景如油画般清晰悬浮于脑海中，好像所有一切在那一瞬间定格，只有缝纫机的钢针在悄悄律动。

一阵风吹过，作业本上写写画画的手变成敲打键盘的动作，老妈伏下身子要在针里穿一根新线，无论如何都看不清针孔，她已经要戴老花镜。

衣橱里挂满商场里买来的新衣裳，老妈的“飞人”识趣地退到角落，盖上精美的现代桌布，成为一个纪念品。

虽然退役，它却一点儿也未损坏，加一点儿润滑油，就能精神焕发地开工。

老妈说，“你还记得街口那个裁缝吗，当年靠一台缝纫机发家致富娶老婆，如今穷得老婆孩子一块儿跑啦！”

不能与时俱进的裁缝，下场和那台“飞人”一样。

而裁缝事业即时转型升级，如今你要选择一种布料款式并指定一名设计师来做一套服装，价格昂贵，因为人家更名为“高级定制”啦！

十二种颜色

当年，在几岁的我眼中，爸爸是“机器猫”一般的存在。

每次他出差或开会回来，黑色手提包里总有一些让我惊喜的小玩意儿——糖果、连环画、话梅、玻璃弹珠……也可能是一盒上海小蜡笔。

现在看来，只是非常简陋的蜡笔，粉笔一样，直接用手拿，连笔管也没有，圆笔头永远画不出细线条，小小一盒，十二种颜色。

但这十二种颜色，是一个小孩的全世界。

在那之前，唯一的画画工具是铅笔，在用完的作业本背面，画出许多没头没脑的故事——怪异的小人，歪歪扭扭的鲜花，没窗户的房子，或者电视剧里纱巾飘扬的仙女。

只有黑白色。

第一次拿到蜡笔，如获至宝，放在自己的抽屉里，锁起来，生怕它们会跑走。

用的时候，煞有介事，在黑白图

案里一点一点涂抹。草是绿色，花是红色，太阳是黄色，女孩的裙子是粉红色，烟囱……大概是咖啡色。

家中杂志报纸的插图，都被填上了颜色。一支蜡笔有如神助，彩虹有七个颜色？我可以画出彩虹。

十二支小蜡笔，鲜艳的颜色总是先被用完，红、绿、粉、黄，和女孩身上穿的衣裳一样。暗淡的颜色会放很久，青、褐、灰、黑，拖到最后，变成白纸上的一阵胡涂乱抹。

那时，无法通读书上的文字，课本里学的不够，只能靠着图案揣测，那些密密麻麻的字句，到底在说什么？

认识大部分字以后，开始偷偷写信，问一个陌生人，你喜欢什么颜色？你喜欢什么食物？你喜欢什么动物？

另一个人的世界，仿佛一个五彩斑斓的梦。

时间过得那么快，人的喜好也变得一样快。青春少年，脸蛋鲜嫩，却喜欢暗黑系，要把连帽衫扣在头上，那很酷；成熟男女，满面沧桑，却喜欢鲜嫩颜色，把一腔少女心穿在了身上。

后来，我们都会爱上一个人，记住他喜欢的颜色及一切。后来，我们也都会失去一个人，世界隐藏起一场回忆，悄无声息。

某一天，看到他喜欢的颜色，就会勾起隐藏的记忆。

现在的你，早已不用蜡笔画画了吧？人生画布上，别人画出的颜色再漂亮，都不如自己亲手一笔一画留下的痕迹。

12色
上海小蜡笔

爱情捷径

一盘弹子跳棋，可以玩很久。

这个时候，小孩最安静，他煞有介事地托腮思考，拿起一颗小小玻璃珠。如何走一步，关系着整局输赢。

两个人对着一个六角棋盘，计算最快到达的捷径，同时还要设法给对手制造障碍。赢了，格外有成就感，那是智慧的胜利；输了，也格外不服气，再来一次，定能反败为胜。

最多时六个人一起玩，各踞一角，各怀心思，棋盘上很快挤得密不透风，五颜六色的跳棋都在朝着对面努力蹦跳。

有时，路线就那样被堵死了，谁也动不了半步，如果每个人都不肯让步，就只能永无止境僵持下去。

总要有人往回走一步，给别人腾一线空间，也是给自己留一线生机。

弹子跳棋
CHINESE CHECKERS
MADE IN CHINA
中国制造

小时候并不懂，这世上并无捷径可寻，就算找到一条，也很快会被截断；也并不懂，在某些情况下，退让是另一种前进，退一步比进十步的作用更大。

当游戏只是游戏，一切都没关系。

玩得高兴，手舞足蹈，还要得意地指点对方，弹子四处移动，总能到达终点；玩得恼火，一把掀了棋盘，弹子“骨碌碌”四处翻滚，下棋的人也一哄而散。

有时，他们就那样散去，再也没回来。他们换了另一个棋盘，叫“生活”，更复杂，更艰难，更莫测，也更不得反悔。

我们仍然计算路线，却不再敢一味求近求快，那是在无数次碰壁，鼻青脸肿之后，获得的经验教训；我们仍然渴望赢，却不再敢把一切推倒重来，输多少次都得咬牙挨下来，学会败退，才能抓住机会。

距离远近，都要一步一步走，脚踏实地，否则会如跳棋一般，一个弹子不管不顾地跳到了终点站，还剩下一堆弹子弃在原地，这种赢，其实全盘皆输。

生活棋盘上，捷径更像是运气，如同一见倾心的爱情。

我没有努力寻找，就遇见了你；我没有经历太多错的，就发现了对的。天时地利人和，我和你相视而笑，灵魂震颤，肉体滚烫，走近，便牵起了手。

一步跨到亲密，也需要十步跨过距离。捷径之后，才是漫漫长路第一步，要耐心磨合，要点滴了解，要吞下所有藏在快乐里的痛苦。

真爱一个人，每一步，你都心甘情愿，竭尽全力；真爱一个人，再大的运气，不如勇气。

扣住一段完美关系

一直记得某电影片段——孤男寡女，情欲如火，呼吸沸腾地缠抱在一起，正准备脱衣服——却发现，她的内衣复杂如迷魂阵，千扣万结，令他穷尽毕生之精力也不得其解。

于是，俩急不可耐的人更急得上抓下挠如猴子打架。

当下就想，系扣子或绳结都是对人类智力及耐心的一大挑战，为了弥补这一漏洞，聪明的人便造出了“暗扣”。

太好了，它的方便简直令人拍掌叫绝——无论摸上去多么轻小，用手一按，隐约听见“咔”一声，牢牢扣住，真叫简单；无论看上去多么烦琐，用手一拉，“噼里啪啦”，一件衣服从头至尾应声而开，真叫爽快。

醒狮的暗扣，当年家家户户的针线盒里都放着一两板。就算没有，街边小摊上随时可以买到。

它们成双成对，一凸一凹，自诞生之日起就各自拥有一位标准适配的伴侣。或者说，一枚单瓣暗扣根本不叫暗扣，只有两瓣咬合在一起，才算完整。

不像扣子和扣眼儿，也不像系成蝴蝶结的两条绳子，如果物件也有品行，那么暗扣是名副其实的专一派，一旦选定了另一半，就永不更换。

小时候，如果衣服上有暗扣，又在双手可触及的部位，无聊的时候就会不由自主地将其拉开，扣上，拉开，扣上……反反复复。

冬天，孩子的棉袄如果钉着暗扣，厮闹奔跑间可能被小伙伴不小心一把扯开，冷风“嗖”地钻进暄热的胸口，把他冻得大叫一声。

女孩的连衣裙后面有一颗暗扣，她将双手置于肩后，稍一摸索，轻而易举地就把它扣好了。

暗扣善于隐藏，你以为它不在，但回忆起来，又处处都有它——那个带子已经磨破的书包，那条灰白格子的背带裤，那个衣兜上的盖子，还有钱包、鞋、大人骑在摩托车上戴的头盔……也是暗扣。

有些暗扣是铁的，洗过几次，会生锈，要么怎么按都按不上，要么怎么拉都拉不开，好像它在倔强而坚硬地对抗。而铜或不锈钢的暗扣，几乎可以穿到整件衣服烂掉，它还锃亮如新。

塑料暗扣是后来才有的，单薄，适合配雪纺或真丝，总觉得厚重些的衣服它没力气hold住。

暗扣本就不是蛮力型，分或合，只需轻轻的，不似那些漂亮扣子，一旦气急，就壮烈地线断扣飞，一副毁冠裂裳的态势。

一生中，希望寻觅的也是暗扣一样的伴侣，茫茫人海，只有他是最严丝合缝那一位，隐约听见“咔”一声，彼此完美扣合，不作二人选。

少许甜蜜最诱人

所有人一开始都喜欢糖。

小孩子哭闹，抓一把糖给他，立刻安静并眉开眼笑。考试拿了第一名，欢天喜地跑回来要奖励，得到的也可能是一包糖。

关系最要好的伙伴，才舍得把口袋里的两块糖分他一块。

班上最漂亮的小女孩，惹得小男孩总想送好吃的糖讨她欢心——牛轧糖是时髦之选，“喔喔”的花生牛轧糖，曾一度是孩子心目中的“糖星”。

储糖罐里装满牛轧糖，那是幼小心灵所能想象到的最大财富，而为了避免小孩子贪得无厌的偷吃，那只大玻璃罐子总是揣着满肚子香甜滋味躲藏在家中各个角落。

为了多吃一块牛轧糖，小孩子不得不逐一完成大人提出的条件——完成作业给一块，半天不看电视给一块，衣服整洁给一块……

忍住那颗渴望吵闹的心，直至获得又一块牛轧糖——哗，世界霎

WOWO NIUZHATANG
喔喔
花生牛轧糖

时春暖花开，果仁和奶糖在嘴里纷纷碎落，用力咀嚼，嚼到只剩一点甜丝丝的渣儿，然后，小心翼翼又恋恋不舍地咽下去。

在糖的王国里，牛轧糖不是最甜的。可是，现在想起来，小时候为了甜，可以把红糖白糖一勺一勺倒进嘴里当饭吃，那种隆重浓郁不计后果的甜，差点儿让人腻得背过气去。

最甜的糖？不要不要——能吃得长久的，能经得住想念的，要像牛轧糖——它不是最甜的，却有更多的滋味，花生香、牛奶柔裹挟丝丝缕缕的甜，放进嘴里“咔咕咔咕”一嚼，几种味道争相塞满牙缝。

糖，使人想到爱情，那令人迷恋的甜蜜。

所有人一开始都以为甜可以无所限制。小孩子能够一块接一块地吃糖，直到睡着或被大人喝止。

一个人陷入爱情里可以愈黏愈紧，用尽一切取悦对方的技巧，造出最亲密的甜，让他边吃边感动边舍不得离开。

然而，甜多了就是苦。糖的甜再可口，如果抛却其余一切辅料，只要甜，那其实是糖精，苦的。

爱情之中，若是把自己一颗心全部腾空，只装那一个人，便成了一个透明的容器，他完全看不到你。

如果爱情是一种糖，最好是牛轧糖，味道丰富且禁得起消磨，轻微的甜诱惑你一尝再尝——给多了甜，他早晚要去找苦吃。

调制爱情，少许糖，就够了。

一场耐人寻味的爱情犹如一块耐人咀嚼的牛轧糖，它的甜，隐隐藏于你的喉底。

水珠滴答中的倒影

现代家居中的独立卫生间，有洁白的陶瓷洗漱池，比人脸更光滑。

拧开水龙头，清水直泻，洗脸时，每一捧水都是新的。洗漱池的高度极其讨好人类，不高不低，既不用站得太直，也无须弯腰太低，洗脸洗手刷牙，一抬头，清晰的大镜子。

当你在洁白的陶瓷洗漱池前，双手扶撑，一瞬间定格，开始时光倒流。

不用太远，二十年。

你会发现手中扶的是搪瓷盆沿儿，圆圆的盆底牡丹开放，大红“囍”字正鲜艳。盆子搁在木头盆架上，架端放着一块香皂，挂着一块毛巾。

洗脸时，水总会溅出来，水珠蹦跳着洒在红砖或水泥地面上。洗过的水由脸盆装着，端起，迈过屋门槛儿，“哗——”向院子里泼出去。

新婚之家，才有崭新的双喜搪瓷脸盆，那时这盆子质量好得仿佛可以用

～

一辈子。

然后，一对年轻男女，每天早上用脸盆洗脸，每天晚上用脸盆洗脚，水珠在指缝脚缝间流淌，水波荡漾中倒映一张充满干劲儿的饱满脸庞。

她生气时，他曾端一盆热热的洗脚水给她表示投降；他疲惫时，她曾用一盆热热的水浸透毛巾，为他擦身解乏。

好像时间停滞，好像很久很久都是那一只兀自欢“囍”的脸盆。

只是这中间慢慢地发生着什么，这对小夫妻争吵又和好，儿子降生，他们骑着自行车，车尾有时驮着一篮菜，有时驮着一个甩着两条鼻涕的小孩子。

小孩子上了小学，有时像一条鲶鱼似的被按住打屁股。他们还是争吵又和好，忙碌又大嗓门，仿佛有使不完的劲儿，干不完的活儿。

还是那只搪瓷脸盆，它每天装着水，等待别人走近。

也摔到地上过，所以搪瓷被磕破，露出黑乎乎一块铁，巷子里有人吆喝补盆子的时候，就拿去补一块铝合金。

这脸盆就又会坚硬得仿佛可以用一辈子，连日暴雨而房漏时，用来接雨水，叮当作响。

一直以为可以用一辈子，但不知什么时候开始，家里的一切，周围的一切，已全然改变。那些清晨，舀一盆冰凉的水，双手捧起一把泼向顶着眼屎的呆脸，瞬间，如梦惊醒，远处布谷鸟叫嚷，有桑葚的甜味儿飘浮。

定格，时光永不停止。手下扶着光滑的陶瓷洗漱池，自来水直泻，灯光暗淡，镜中的脸因为乘坐时光穿梭机而松弛起皱。

~

为你风雨无阻

“不愿让你看见我的伤处，是曾经无悔的风雨无阻。”第一次听这歌，还是用walkman。

听歌的少女一点儿也不爱做梦，她想的全是实际问题——噢，如果要风雨兼程去见一个人，必要装备里一定得有双雨鞋。

否则，道路泥泞，天昏地滑，咬着牙一通摸爬滚打到达心上人面前，哎哟，瞧瞧自己吧，俩裤腿儿沾满了泥，一双布鞋或皮鞋已经被践踏得狼狈不堪，整个人像刚从沼塘里捞出来，哪里是去感动别人，简直是自顾不暇。

你看英雄要搭救美人时，从来不会任自己形象凌乱，啥时见蜘蛛侠的紧身衣烂了或超人的“内裤”掉了？无论拯救世界或冒雨赴约，装备都该专业。

所以，要风雨无阻，一定得有双雨鞋。

要说结实耐磨，双钱雨鞋一定首屈一指，从小就见巷子里的老少爷们儿穿着它风里来雨里去。又肥又大的黑色高筒雨鞋，橡胶皮厚实得让人怀疑是不是造鞋老板用料用过了头。

除非发大水，不然，小中大暴雨都奈何不得它，一双脚有了雨鞋保护，潇洒地迈开大步蹚过雨水，脑海中浮现出唐僧师徒过通天河时那条辟开的水路。

家中那双黑色雨鞋是老爸的冒雨行头，老妈的是咖啡色，姐姐的是绿色，我的是红色。到了雨天，大人穿雨鞋上班，小孩穿雨鞋上学。

在学校，被那些光着脚丫子玩水的小伙伴惹得心痒难耐，遂脱掉雨鞋，加入嬉闹队伍。

结果，回到家时雨鞋内仍闷热潮湿，费了半天劲才脱下来。老妈气得说，你这不成反着穿雨鞋了吗?

那已是多年前的事。如今城市的马路砖地都平坦整齐，只要不是暴雨倾盆，基本不用穿雨鞋。

而当下，那老气横秋的黑色高筒雨鞋摇身一变，有了时髦复古气质，长腿姐妹们用它配军装裤牛仔裤，真是英姿飒爽。

现代雨鞋的款式设计更是好看得要命，买来当时装鞋穿都不过分，但下雨才更应景吧？于是天天盼着下雨——啊呀，我的新雨鞋啥时才能华丽登场!

我有一块“砖”

第一次在小卖铺里见到“光明冰砖”，它的售价是五毛，这着实让小孩子犹豫了许久——那可是他一天的零花钱！

终于，吃的欲望战胜一切，咬咬牙，斥巨资买下一块。

回到家，拆开蓝色的包装盒，把那块方方正正的乳白色冰砖放到碗里，拿一只勺子，慢慢地，一小口一小口地，隆重地，品尝。

甜腻的奶香顿时让玩闹不停的小孩子安静下来，他简直像美食家一般专心而谨慎地吃着，每一口，连勺子都要绵软地融化在嘴里——从此，深刻地记住了这种味道。

冰砖真的太好吃。

好吃得让人舍不得夏天离开，因为天气一冷，小卖铺的冰柜里就再也看不见它的踪影；好吃得让人在冬天里一想起它，就会条件反射地打一个

Vanilla Ice Cream
經典·1915
BRIGHT
白雪冰砖
光明
香草冰淇淋
净含量:115克

冷战，随即舌底泛起一丝凉飕飕的甜。

冰砖刚从冰柜里拿出来，冻得硬邦邦的，甜味儿裹着一阵强烈的寒流蹿进口腔，能把人震得呆立三秒，才想起慢慢地蠕动嘴巴。

也可以把冰砖放在碗里，以三伏天的热浪催其融化，它从滴滴答答变成一汪黏稠，这个时候再吃，充足释放的甜让你如同瞬间置身于一个巨大棉花糖中，甜得每一个毛孔都露出微笑。

最潇洒的吃法是啃馒头式——手抓冰砖，以嘴舔咬吮吸之，吃至后半段，液化的冰砖粘得满脸满手都是，凉气未褪之际，遐想自己正立于雪山之巅，寒风吹来，豪迈地张开双臂……

这时，会被大人迅速赶去洗脸。

等到不用向大人伸手要零花钱这一天，巷口的小卖铺早已消失无踪，超市的冷饮专柜里罗列着五花八门的雪糕冰激凌，哪里还有冰砖?

小资盛行时，口号是“爱她就请她吃哈根达斯”，请她吃冰砖的一定是屌丝，注定孤独一生。

网上还能想起冰砖的，全是奔三的80后，那留存在记忆中最甜美的滋味，值得为之倾尽一天的零花钱。

后来，才猛然发现，就算能买下超市冰柜里的每一种冷饮，也买不回童年的味道。那个期盼着夏天快些到来的孩子，如今，期盼的早已不是一块冰砖。

醒神

愤怒中的人，摇摇欲坠之时，会说，“让我冷静一下。”

爱到泥足深陷的人，面对抉择左右为难时，也会抹一把眼泪，说，“让我冷静一下。”

有时，也许冷静解决不了问题，但能让一场混乱片刻沉淀，让呼吸顺畅一些，让眼睛明亮一些，让潮湿的手心慢慢干燥。

我们要的不过是火烧火燎中，一缕清凉。

清凉油，则是另一种致人清醒的刺激。小时候，第一次偷拿了爷爷的清凉油，煞有介事地抹在太阳穴上，霎时被浓烈薄荷味熏得眼泪直流。

那时想不通，大人为什么会需要清凉油，这么痛苦霸道的凉。

小孩当然不需要。他永远精力充沛，难过时就号啕大哭，开心时就手舞足蹈，困倦时倒头就睡，梦都不做一个，醒来揉揉眼，又是活蹦乱跳。

他有太多兴奋情绪可以挥霍。

要过很多年，当他终于走出家门，脆弱额头撞着一堵又一堵墙，疼痛令人清醒，他就会明白，不能永远闭眼狂奔，每一步都要小心翼翼。

疲惫或厌倦，是成人世界里，最常出现的状态。

有些爱情像无底洞，消耗你的温暖，让你一刻不停地付出，手里的，心里的，现在的，未来的，几乎要抽干你，让你如枯草般奄奄一息。

那种疲惫，让人生黑暗，如果不拼力挣脱，就只有过劳死。

有些爱情丧失了生命力，用上再多时间，守得再严实，也不能让你心里生出一点热，你活着，也只是活着，像一块石头，或一潭

清凉油
商
都
河南偃师市四强日化厂

死水。

那种厌倦，让人生变得毫无意义，如果不拼力寻找，就只有困兽待毙。

如果只是昏昏欲睡，想醒一下神，多容易。清凉油一涂，人就双眼一亮，脑门儿仿佛吹过春风。

真正需要清醒的时候，你往往束手无策，因为你不想醒，或者不敢醒。《自欺欺人》里唱，“期待你忽然悟觉之时，仍未太晚；期望我忽然后悔之时，仍未伤得太深。”

谁知道在哪一刻，才会幡然醒悟？

那一刻，或早或晚，都会到来，你心里无比清楚。那一刻，混沌世界忽然被闪电劈开，露出真实面目。

希望那一刻早点到来，让困在绝路里的人，忽然醒神，拍拍身上的土，转身离去。

升温或降温

墙上挂着一支温度计，也是一年四季。

春天，榆钱儿成串，嫩绿鲜甜，撸下洗净，和玉米面一起蒸熟，咬一口，清香四溢。桃花艳粉一片，梨花雪白无际，穿着毛衣拍一张照片，气温二十四度，人笑得眼睛眯成缝，鼻尖冒汗。

夏天，阳光穿透纱窗，无处逃遁的热，三十多度，入夜也不凉快。但是可以拿着手电筒去捉蛐蛐，捉知了猴，影子一样在砖缝草丛树林里钻动。或者拉开院子的灯，壁虎就爬进光里，一口吞掉一只飞蛾。

秋天，干燥的风把人团团围住，苹果垂在叶子下，沾着一缕阳光，摘下咬一口，酸甜清脆。二十六度，仿佛世间万物都在迫不及待地成熟，一把攥住花生藤蔓连根拔起，丁零当啷，剥出粉红果仁，轻快地嚼。

冬天，室外零下十度，室内零上十度，都是冷。偶尔见到螳螂的卵悬在某一条树枝上，像颗小石头，在寒风里寂寞摇晃。小孩的脸蛋红扑扑

GONGNONG
C F
摄氏 华氏
50 120
40 100
30 80
20 60
10 40
0 20
10
浙江 吴兴
双林玻璃厂

的，棉袄棉裤胖如球，仍能跑得飞快，循着煎鱼炖鸡包饺子的味道，跑进了大年夜。

墙上那支温度计，悄无声息地变化着温度，有时高，有时低，一年四季，又一年四季，仿佛一切都不会变。

温度计，总有些奇妙。插进雪里，那条红线慢慢向下跑；插进热水里，那条红线又悄悄向上跑。拿着它到处试验，直到被大人一通数落，还科学家一样地摇晃脑袋。

更多时候，它是一种浑然不觉的存在，同样挂在墙上，人们总是去看钟表，而温度，只有冷或热让我们觉得不再舒适时，才会想起凑近看看它。

知道了多少度又怎样呢？冷还是冷，热还是热。

只有把自己变成人肉温度计，才能发现温度变化是一件多么敏感的事。热恋时，温度飙升，他一个眼神你就升温，他一下抚摸你就沸腾；冷战时，温度骤降，他一语不发，或撂下狠话，都让你跌入冰窟。

温度计感应着温度变化，我们感受着爱恨情仇。

最舒适的时刻，却总是不易察觉。春风暖阳，你躺在大地上，小草开了花，莫名细微的香；情投意合，你躺在他怀里，漫无目的地交谈，时间温柔流淌。

忽冷忽热，终归无法长久。若是恰到好处的爱，会像墙上那支温度计，你没有强烈感觉，却也不需要冲上去一探究竟。

一切正好时，便温暾如水。

一针一线的爱

风水轮流转，时尚也一样。多年前，满大街都是布鞋，偶见一双皮鞋，立刻两眼冒光；现如今，满大街都是皮鞋，偶见一双布鞋，顿感低调奢华。

内联升的老北京布鞋，身价不菲，纯手工的更是奇货可居。

而且，它几乎成为那些低调型大款的标志性配置——有人在江边见过一个拉二胡的中年男人，上身穿白汗衫，下身穿大裤衩儿，脚蹬一双黑色“老头鞋”，几曲罢，提起二胡钻进一辆大奔，扬长而去——人家要的就是这个范儿。

去年冬天，大家翻出箱底的手织毛衣，美其名曰“爱妈式”，穿得颇火热时髦。

说来，手纳布鞋也算其一，“最爱穿的鞋是妈妈纳的千层底儿”，从出生伊始小脚丫上那一双老虎鞋到上学时穿的一双双花色各异的布鞋，都是做母亲的一针一线的爱。

小时候见过纺车，一位裹小脚的老奶奶，嘴上衔着烟卷，一手转纺车一手抻线，“吱扭”声像一曲简单而持久的歌谣。

纺出的绳子十分结实，用来纳布鞋，直到鞋面磨出窟窿，鞋底仍完好无损。

邻居家的小媳妇儿，也会在树荫下

一边絮叨居家琐事一边纳布鞋，顶针把手指箍出红印子，有时钢针在鞋底里折断。

那时有多不喜欢布鞋？球鞋不论脏成什么样，因为是买的，还是坚持穿；布鞋不论多新，因为是做的，勉强穿着，心里却一百个不乐意，故意踢踢踏踏想害它早些报废。

一晃数年，不知买了多少双鞋。

直到有一天，又擅自给老爸买了一双皮鞋，却听他说，以后别再买了，穿着不舒服。

不是吧？上好的小牛皮，怎么会不舒服？他叹气摇头，你不知道，最好穿的还是布鞋，跟脚透气又吸汗，穿得越久越舒服，越舍不得脱。

老妈闻言得意一笑，此时她看报纸已经要戴老花镜。

那些穿着布鞋走过的岁月，厚实的千层底默默无言地守候。那些在巷子口三五成群地穿着“老头鞋”唱戏的老头，腔调一如既往。

后面的路，虽穿着各式昂贵的鞋子向前走，却再也穿不出那种聚集在针线里的爱——尚有一双“爱妈式”布鞋留存，只是永远也舍不得再穿。

砖红印泥的前世今生

遥想起来，小女孩见到砖红印泥的一瞬，有点儿想入非非——它虽不像胭脂水粉那样细腻，可是，心中浮起电视里的形象——仙女、红孩儿及玉兔精，或许能用手指蘸着它在眉间点一颗红痣？

在玩具稀少的那些日子，充满奇思妙想的小孩还考虑，能不能把印泥当橡皮泥一样地玩？

很多次，露半个头在大人的办公桌前，望见这又薄又圆的红色铁盒，就地取材的念头便一闪而过。同时，也神往盖章这件事——如果让那个红色印迹出现在自己的课本或胳膊上，一定很威风。

印泥与印章是天生一对，犹如情侣，缺少其一，便毫无用武之地。

偶尔，它也会爱上又暖又软的手指，亲密地与指纹拥抱在一起，落下的痕迹，成为证明或凭据。

生平第一次将手按在这种砖红印泥上，是做警察笔录，因为目睹

津北牌
JINBEI
JINBEIPAI
60
天津市长城文教用品总厂

别人打架，而被生拉硬拽去做证人——末尾，要按手印，方才忽然觉得，那印泥红得触目惊心，一旦按上去，某些话就具有了效力，永远不可更改。

一盒印泥在桌上，看见了多少喜怒哀乐，结婚的离婚的领工资的打官司的，事无巨细，一应落款要经过它，才变得正大光明。

刚上班的时候，每当经过会计室的门前，就见它和计算器、钢笔、稿纸表格之类一起待在办公桌上。

有时很久很久，那位会计都忘了把印泥盒盖上，它便随着北方干燥的气候越变越硬，用的时候，要拼尽全力将印章摁在上面，再用嘴哈几口气，那抹红才回过神。

已经很久不见砖红印泥。

现在，人们用海绵油墨印泥，省力，轻轻一压，红油就顺势而溢。一些印章进化为原子印，也不再与它相依为命。

当年试图用它在额头画红点的小女孩，而今忙里偷闲地看娱乐版，才发现人们管吻痕叫盖章，不禁哑然失笑——看哪，那是另一种砖红印泥。

纯棉的肌肤之亲

有太多情节，是关于床单。

爱干净的人，早上起来，要把床单铺得平平整整，没有一条褶皱，用笤帚扫掉哪怕最小的一粒尘。

一个婴儿，在床上玩得好好的，忽然，毫无征兆地来一次“放水”，在床单上画出一朵湿漉漉的“大蘑菇”。

心事缠绵的夜晚，那个睡不着的人总是翻来覆去厮磨着床单，好像这块棉布生出许多小触角，搔得人心乱如麻。

也有一些新鲜的冲动被压倒在床单上，他和她，像两颗流星，“砰”地坠落，平坦的床单瞬即波

涛汹涌。

关于这床单的记忆——纯棉的，摸上去甚至有一点点粗糙的，印着像它的手感一样规矩朴实的花朵图案的——床单的记忆，真的是很早以前了。

那时有一台彩色电视机已经足够举家欢腾，谁也没有更多心思或条件来把一个家打扮得更漂亮时尚，差不多每个家都那样，就像大家身上穿的衣服一样没多少新意。

床单是主妇们美化居家环境的必要道具之一，虽然它们看起来实在差不多，一样的图案，一样的质地。

但是，嘿，它体现的是生活态度——床单换洗得勤，它就看起来格外干净，使整个房间都显得利落整洁；它价钱便宜，又有许多颜色，可以像"星期裤"一样每天给床变脸；有情趣的，在它上面喷一点儿茉莉香水，哎呀整个小家都温馨起来。

虽然丝绸床单更性感，丝绒床单更贵气，蕾丝床单更甜美……可是，这普通的印花纯棉床单，多平易近人。

铺在身下，它越睡越柔软。

它知道自己不够美貌华丽，所以格外讨好你的皮肤，你一出汗，它就忙不迭地吸收，生怕你有一点儿闷热感觉。

晒干后，它总是牢牢抓着阳光的味道，让你晚上一亲近它，就觉得温暖舒适。

或许这床单，也没那么好，它又土气又单调，与现代床具一点儿也不般配。可没办法，烙在记忆里的东西，从习惯不知不觉变成了真爱，你一眼看到它，浑身的肌肤细胞就跳动嚷嚷，“是它是它！我记得它！”

所有的记忆都会回来，所有的情节都会复活，忽然间，就重温了与它肌肤之亲的那些时光。

是呵，因为就是睡在它上面长大的。

好伙伴借我卷笔刀

江湖好汉耍大刀，学龄儿童耍小刀。大刀的故事自有武侠小说去描述，小刀，则是我们每个人的童年里都有的故事。

一把小刀，用来削铅笔。

铅笔削得好不好看，铅芯儿削得是不是又细又尖，在纸上一扎一个窟窿，全仗小刀。

便宜普通的小刀，打开来是一支刀片，技术欠佳的削起铅笔来轻一刀重一刀，笔芯儿常断，一支铅笔很快变成铅笔头。

如果舍得多掏几分钱，就能买到一只卷笔刀，在小孩眼里，它算是高科技产物，把铅笔插进去，拧几圈，立刻削出完美的笔头形状，仿佛写出的字都格外好看。

放学了，几个小伙伴凑一堆写作业，总要在铺开课本作业本之后，先郑重地一人拿一根铅笔，认真地削，“工欲善其事，必先利其器”。

谁有卷笔刀，都会主动借给大家用，然后，每个人捏着自己削得光滑锥尖的铅笔，埋头在一张大床或大饭桌上，奋笔疾书，偶尔听见吸鼻涕的声音、橡皮用力擦纸的声音。

这样的集体努力静默，是为了一会儿可以扑出去努力玩闹，丢沙包、踢毽子、跳皮筋。

某些时候，在课堂上忽然发现自己忘了带卷笔刀，而铅笔的头已经磨得快写不出字，老师布置的作业迫在眉睫，情急之中一回头，那位万能后桌一定会默契地递给我一个卷笔刀。

记忆中，我们是属于互补型的好友，她文静细心，我粗枝大叶，我在课堂上的无数次“回眸”都是向她求救——哎呀，我忘了带卷笔刀！哎呀，我忘了带橡皮！哎呀，我忘了带铅笔！哎呀，我忘了带课本！哎呀……我不知道这题的答案。

能借的，她都借给我，一个卷笔刀或一份友谊。

铅笔插进卷笔刀，越削越短，走过的岁月却越来越长。还记得大鹏牌的卷笔刀有许多款，有圆形的带一面小镜子，也有手枪形状。它们一口一口缓慢地吞噬铅笔，吐出一条长长的木屑，能否持久不断，是小孩们的竞技游戏。

现在，我的卷笔刀从铅笔盒转移到化妆台，用来削眉笔，眉笔在脸上描画，却再也画不出那个削铅笔的小女孩的模样。

一块点心引发的快乐

如今，吃是一件特别稀松平常的事儿。

朋友在西餐厅对着一份刚端上来的澳洲小牛排，落寞地说，“唉，好吃的都吃过了……”想吃什么就能吃什么的时候，食物好像丧失了吸引力。

其实还能想起来，以前看到某一种可口的又无法常常吃到的食物，嘴里失控地分泌口水，俩眼“叮”的一下就像锃亮的灯泡，兴奋的心情怎么也按捺不住，小猴子一样欢叫蹦跶。

那也不是什么山珍海味稀世佳肴，不过是一盒稻香村的点心，黄油饼、蛋黄酥、苔条麻花、枣泥卷……却是一个孩子所能想象到的至尊饕餮大餐。

一盒点心放在橱柜里，会勾引得他晚上睡不着觉。

那些日子，没有充足的零食可供挥霍，连调味橱里的白糖罐，也不时被小孩子打开，偷一勺糖解馋。

所以，稻香村的点心，在童年的

北京
稻香村
特色糕点
净含量/规格:

世界观里，是何等高端大气。

只有过年过节，家里点心匣才会异常丰盛，一块块或软或脆或酥的点心甜蜜蜜地挤成一堆，每一块都伸着小手摇晃，“我最美味！”令小孩舌底的馋虫连滚带爬地跑出来。

平常呢，只能盼着有客人登门，他们带来奶糖、水果和点心，吸引了小孩的全部注意力——才不管大人们在谈什么，我要先看看点心盒里有没有最爱吃的奶油夹沙。

一块点心带来的快乐也许胜于今天的一只鲍鱼。

那时，也不懂得向这个世界索要更多，一盒点心已算至大惊喜。

最要好的小伙伴，才舍得同他一起分享自己的点心，一人拿一块五仁酥，傻傻地坐在树荫下，抹一把鼻涕咬一口酥，脸上手上地上都是碎屑，引得蚂蚁成群结队跑过来。

这俩家伙踢踏着腿，吃完点心，咱们接着来看蚂蚁搬家吧。

谁会想到后来我们对着一份澳洲小牛排打不起精神，对着大街上的一家家饭店，对着超市里的一排排食物货架，竟然都打不起精神。

如今还能对食物产生兴奋感的，估计是减肥者了吧？小时候有个梦想，希望家里开点心铺，这样就能天天吃着点心过日子，真像一只渴望掉进点心罐的小老鼠。

那些快乐的不切实际的梦想，是不会再回来了。

墨水写下一封青春

墨水从钢笔的笔尖细细地流出来，写成字。那都是些什么字？那些字都是什么意思？

在成堆成片的课本作业试卷上写下的墨水字，都已经从记忆中消失了颜色。记住的，是一封封情书，淡蓝色的墨水字迹，被仔仔细细地叠了又叠，叠成星星，叠成心，叠成千纸鹤，叠成一个懵懂男孩五彩缤纷的梦。

那是最顽劣的年龄段，十几岁，没心没肺，傻胆儿大。

上课时，装满墨水的钢笔变成一个制造恶作剧的攻击武器，当某个老师经过课桌时，在他背后悄无声息地一甩，一串水滴般的蓝色墨迹“倏”地飞上老师的衣服，他却浑然不觉，继续神色威严地讲解方程式。

大发雷霆是在后来，老师发现之后，那使坏的家伙在全校师生大会上被当众痛批——

我们新来的英语老师那么漂亮，被他一串钢笔水甩过去，气哭了；我们的音乐老师那么帅，他教我们唱“长亭外，古道边，芳草碧连天”，被他一串钢笔水甩过去，气得唱歌都跑调了。

在调皮捣乱之际，有些什么在悄悄发生。

那个女孩的长发在风中飘动，她的皮肤白皙，眼眸黑亮，为什么一瞧见她，就心慌意乱?

那个男孩在练一根长柳棍，模仿《射雕英雄传》里的打狗棒法，他的蘑菇头在阳光下浮动着微尘，为什么一瞧见他，就心怯脸红?

一些迫不及待的小心事随着闪烁的眼神火花飞溅，蓝色墨水倾吐在纸上，一字一句隐约的一丝想念，有时纸被捻碎，有时纸被墨水洇湿。

901
鸵鸟
高級綠墨水
60C.C.
Delux Green Ink
天津市天津墨水廠出品

不再记得情书的内容，就像不再记得那男孩的面容。

可是那些情书，那些蓝色墨水的字迹，有时会在某些静闲的时刻慢慢从记忆深处飞舞着出来，像一条条蓝色丝线，像一朵朵蓝色花瓣，让人也跟着飘浮起来，想伸出手，把它们按序排列恢复原状，认真看看那年那时，他究竟写了些什么，再一次。

一瓶鸵鸟墨水，一共写下多少字?

青春年少的故事，一封封寄出或压存的情书，在阳光温暖的时候，在月光清澈的时候，让人忽然失神，轻轻问自己，他在哪里？他们在哪里？笔尖的墨水还在流淌吗?

一只暖壶一杯热水

用炉子烧了滚开的水，灌满一只暖壶。

来了客人，用暖壶里的热水泡茶。天寒地冻的夜晚，老爸用暖壶里的热水烫二锅头。小孩子喜欢用暖壶的热水冲白糖红糖。

天热人急口干舌燥的时候，把暖壶里的热水倒一大海碗，凉在房檐下，不一会儿就成了甘甜的凉白开。

暖壶一度是居家过日子的必备道具。

小时候喝热水，我那细心的老爸总是要把水凉得不热不凉刚好入口，才肯交到我手里，哎，全天下的男人都是这么疼女儿的吧。

要验证一只暖壶的保暖性能如何，就在晚上灌一壶开水，第二天早晨用来泡方便面，那面仍能泡得透软，这壶的质量才算过关。

向阳牌的鸭嘴暖壶，更结实，保暖性能也更好。北方漫长的冬天，用它

灌满了一个又一个暖水袋，暖和了一个又一个被窝。

偶尔吵架的小夫妻们，也喜欢用摔暖壶来显示自己的威力，如果暖壶里装满开水就更好了，砸到地上，“砰”的一声，玻璃壶胆破碎遍地，地上冒起一层热气，简直像一件威慑力十足的战斗武器。

如今好不容易可以享受时代进步科技发展带来的便利了，用电水壶，喝桶装水，结果一看新闻就倒抽冷气，原来喝进肚子里的要么是没煮开的水，要么是杂七杂八混合了各种细菌的水，自己变成一个活生生的人肉净化器。

想来想去，还是老办法最有效——烧水，在炉子上烧得滚开滚开，装进暖壶，随时有热水喝，喝得又踏实。

英雄好汉们说，来，干掉三大碗！那是酒。文艺分子们则轻声说，嘿，茶还是咖啡？那是用热水冲的，那也需要一台性能优良的电热水器。

热酒穿肠，胸中能升起一团火，嘴里喷出的热气让玻璃蒙上一层浓雾。热水入胃，浑身的毛孔跟着轻轻地吐一口气，送一层细密的汗珠儿出来，脑门儿会感觉有些隐约的凉。

我还是喜欢暖壶，有什么像它一样，尽力地保持着心里的热？

有时，就算天很冷，就算人很孤独，从暖壶里倒一杯水，水是热的，用手捧着，也就觉得一切都没什么大不了了。

朋友来了有罐茶

如果你还留着一只老北京的铁皮茶叶罐，到现在，有二十多年了吧。

现在，要招待家中的来客，可提供的饮品种类丰富，你要喝什么？咖啡、果汁、酸奶、茶或红酒?

而当年，欢迎亲朋好友的除了白开水，就是茶。

我们家有一个又大又重的白瓷茶壶，平时搁在茶几上作装饰用，来了客人，就会用煤炉子烧了滚开的水，从茶叶罐里捏出一撮茶叶，黑不溜秋的，也不懂是什么茶，放进茶壶，倒水扣盖儿一闷，倒在客人杯里——您喝茶。

没错，就是那个铁皮茶叶罐。

铁皮茶叶罐挺好看的，小巧，颜色鲜亮，罐身的图案有茶花、百灵鸟或迎客松，有时也很贵气地写着四个字，“中国名茶”。

用“中国名茶”的茶叶罐装的未必是中国名茶，那时普通老百姓，只知道鸡鸭鱼肉好吃，还来不及上升到品茶论茶的级别，市场上买回什么茶就喝什么茶，至于究竟是什么茶，谁在乎。

北方最常见的茶是茉莉花，一打开茶叶罐，一股浓香就扑面而来，香得小孩伸长了脖子，使劲儿地闻，哎呀，味道如此香甜，泡出来的茶水一定很好喝！

于是大人泡茶时，小孩子一定央求要来一杯，可是味儿闻着香，喝起来却是涩，根本不是想象中糖水的味道，哼，再也不喝。

另一种大众茶，就是菊花，一朵朵黄色小花簇拥在茶叶罐里，清淡的香。小孩子趁大人不注意，就偷偷往泡茶的杯里多扔几块冰糖，再多扔几块。

当茶叶罐空了，总想把它据为己有，充作收藏“宝物”的工具之一，把一些鸡零狗碎诸如一把小刀、一个钥匙、一个黄铜子弹壳之类扔进去，紧紧地扣住盖子，放在自己的抽屉里。

等到大人买了茶叶回来，发现茶叶罐不见踪影，于是叫小孩交出“赃物”——她噘着嘴，十万个不情愿，倒好像别人在掠夺她的东西。

现在买茶叶，都配备了华丽的包装盒，身价自然也不再像市场买菜那样平易近人。

铁皮茶叶罐早就退出了居家生活，如果你现在还留着一个，那真的有二十多年了，应该已经有了锈迹。

或者，再打开盖子闻一闻，当年那浓香的茉莉花气味，是不是还在？

大白兔奶糖
WHITE RABBIT

舍不得分享

大人最喜欢用糖逗小孩。

大人说，“你的糖能不能给我吃呀？”小孩就用力摇头，手藏到身后，往后退几步。

大人说，“我好想吃呀，给我尝尝吧？”小孩就噘起嘴，警惕地望着这个看起来不怀好意的高大身影，稍作犹疑，然后扭头就跑。

身后甩下大人的笑声。

一块大白兔奶糖，是攥在他小手里的珍宝，一想到剥开薄薄糖纸，那块白色奶糖泛着甜甜奶香，放进嘴里，用力嚼，甜得眩晕，令人摇晃——那么美味，怎么舍得与别人分享？

从小到大都被教育，要懂得分享，所谓独乐乐不如众乐乐。

男人的分享，酒过三巡，烟雾升腾，拍一拍膀子，扯起嗓子讲述辉煌的情史或伟大的抱负。

女人的分享，呷一口咖啡，捋一捋头发，你说给我一个秘密，我吐露你一段隐私，才算是自己人。

渐渐的，有些东西却不再愿与人分享。

有些小趣味，自己迷恋得无法自拔，别人未必当一回事，比如一部好电影、一本好书、一首好歌……喜欢得过了分，以至于舍不得把它分享给别人。

因为知道这种往内心世界里挖的东西，能敲开你的心门，与你灵魂共振，却不一定能让别人愉悦。

万一人家不喜欢怎么办，在你是惊涛骇浪，在他不过一缕微风，那心情该是多么深坠谷底般的失落。所以，有些挚爱不愿分享，生怕别人爱得稍浅一点儿，自己都心寒。

小时候，那块大白兔奶糖最香甜，你谁都不肯给，捍卫的是心里那一缕小小贪念；长大了，大白兔奶糖变成个人趣味，你谁都不想给，捍卫的是心里那一撮小小快乐。

两个人要彼此懂得，才能彼此分享，否则，甲之蜜糖，乙之砒霜。

有时，相谈甚欢，却未必志趣相投。你把自认为最好的，拱手分享，对方不过一句淡淡的“不错”，毫不热烈的回应，只是因为你们并不是同类。

有些事，喜欢得过了分，便是太私人的感觉，只适合自我享受。

幸运的话，你会遇到那个一拍即合的人，你们捧出心里所有的快乐和痛苦，都能感同身受。

这时，那块大白兔奶糖再喜欢，我都愿意分你一半。

山西省级非物质文化遗产
太原.吴氏
王吴猪胰子®
宫廷愈裂皂
(手工皂)
百年老字号 中医学配

洗过岁月的味道

咱们的日子越过越精细，就拿洗衣服来说，往洗涤用品货架前一站，脑袋都“嗡”的一声，那分门别类细微到让人觉得洗衣服也要考执照——

专洗内衣的，专洗外衣的，专洗领子袖口的，专洗真丝的，专洗纯棉的，专洗牛仔的，专洗毛衣的；柔顺的，清香的，蓬松的，手洗的，机洗的……那一堆琳琅满目，其复杂程度堪比女人的化妆品。

几乎已经难以想象当年用一块胰子就可以洗涤一切。

王吴猪胰子皂长得一副淳朴劳动人民相，土黄色一块，肩负一家老小的清洁任务，床单被罩窗帘衣物不必说，洗脸洗澡洗头发也照样用。

谁知它怎么能洗得那样干净，老爸杀鱼宰鸡弄得一手油腻腥臭，要靠胰子一扫而光；老妈拆下来晦暗发黄的棉被里子，用胰子搓上两三遍就又洁白如新；小孩子玩泥巴弄得满脸满手乌漆墨黑，往脸盆前一摁，抹几把胰子，拿清水一涮，他才恢复了本来面貌。

胰子洗过的衣服，被阳光晒得透透的，就会散发出一种淡淡的檀香味儿，在人们还不太懂得用香水来修饰自己的时候，这种家常胰子的味道，最令人觉得自然和有好感。

小学时有位数学老师，是个年轻姑娘，整个夏天，她穿着各种各样的长裙子，伏在我课桌上讲解某道难解的数学题时，她的头发垂在肩膀，身上就散发着那种淡淡的檀香味儿。

有时我被那种味道引得走了神，看着漂亮的她，想象自己长大以后的样子。

那时的简单生活，像分明的一年四季。

老妈见我把一切要洗的东西都交给洗衣机，也会忍不住唠叨，说贴身的内衣和被单还是打上胰子用搓板洗最好，又干净又省水。

只有她还保持着曾经的耐心，装一大盆水，坐个小板凳，用肥皂把衣服搓了一遍又一遍，手搓得通红。

每次看她手洗衣服，我的魂儿就会猛地被拽回多年前，在那个红砖墙的院子里，搓衣板、胰子皂、大铁盆和她乌黑的头发，我用小瓶子装了肥皂水吹泡泡。

到今天我还是喜欢用肥皂洗过的衣服，闻着淡淡的檀香味儿，就像有一把无形的钥匙，打开了回忆的门，让我微笑着闭起了眼睛。

~

笑一笑，好味道

现在还记得小白兔牙膏的广告。

一只小白兔看见一根硕大的胡萝卜，刚想咬，忽然捂住嘴，“哎哟哟，牙好疼！”拿镜子一照，“原来是牙蛀虫在作怪！看我用小白兔牙膏来对付它！”刷牙漱口，“看，牙蛀虫溜走了！”——“咔咔”几大口把胡萝卜吃光啦。

这广告全国的小朋友都在看，这牙膏全国的小朋友都在用。

关于刷牙的第一课，是大人拿出一支小白兔牙膏，挤一点在小号牙刷上，递给小孩，并亲自示范给他看，“呶，这样，上下刷，左右刷，里外刷，然后用清水漱干净。”

小孩笨手笨脚地在嘴里鼓捣着牙刷，牙膏的甜味儿真好闻，白色泡沫越来越多，嘴上沾了一圈，牙蛀虫到底藏在哪儿？为什么没有被刷出来？

第一次刷牙的时候，并不会想到这将变成一项需要持之以恒的活

小白兔
高级儿童
牙膏
天天刷牙
又白又亮!
FROG
净含量:50克

动，还挺新鲜，一边刷一边研究自己嘴里有多少颗牙。

后来，才发现每天必做的卫生课目里除了洗脸，又加进了刷牙。早上起来不管多么睡眼惺忪，坐到饭桌前一定要先刷牙洗脸；晚上吃饱喝足看够电视，就算下一秒沾上枕头就能打呼噜，还是要拖着脚步去刷牙洗脸。

幼儿园的卫生课，老师教，“饭前便后要洗手，早起晚睡要刷牙。”每次刷牙，看着那一支小白兔牙膏，挤呀挤，好像总也挤不完。

好像是小学以后就不再用小白兔牙膏，自以为变成大姑娘，对这种儿童用品不屑一顾，要用大支的成人牙膏，辛辣的味道，刷得满嘴冰凉。

不需要大人催促，已习惯按时刷牙，保持牙齿干净洁白，以便在校园的甬道上偶遇某位心仪的男生时，可以无限温柔地一甩头，一咧嘴，八颗牙全露，笑他一个春光灿烂。

现在的儿童牙膏品牌众多，价钱也水涨船高，在香港给侄女买过，一支要七十多块，一顿饭的菜钱都出来了。

为了试试这昂贵的牙膏到底有何等奇效，我“亲口”刷了一刷，竟然是咸味儿的，心说这抹在馒头上能做调料了吧……

回想起自己儿时用过的小白兔牙膏，那甜甜的味道，贯穿童年，像那时一抬头就望见的蓝天白云，充满简单快乐。

藏在彩色痕迹里的记忆

一支粉笔，曾经是那个斜背着布书包的小孩子心里最想得到的东西之一。

它是老师站上讲台那一刻，霎时的安静。它“吱呀”着在黑板上写下数字、拼音、符号、图案或文字。

它偶尔被抓在某只情绪激动的手里，要写出些什么，却忽然失措折断。

它还有一个作用，就是准确无误地掷向课堂上某位打盹、走神或做小动作的同学，“嘣儿”，正中脑门，半截粉笔划出流利的弧线，堪比小李飞刀。

一支粉笔，用小孩的眼望去，是威严和神奇的象征。

哪怕是从下课后的讲台上拣来的一截粉笔头儿，也散发着光辉，小心翼翼又不舍地在黑板上写写画画，上课铃响起，赶紧手忙脚乱地擦掉。

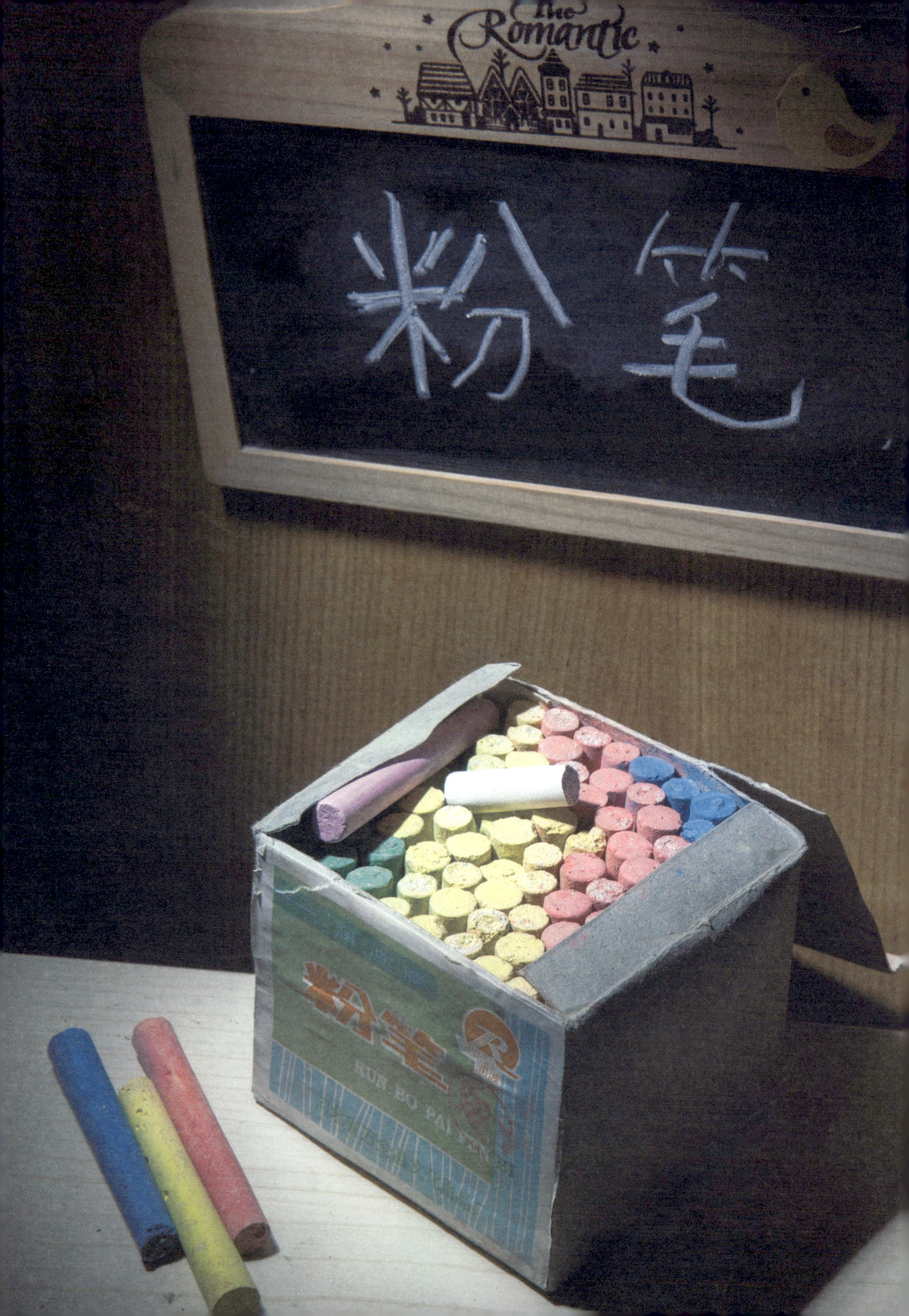
The Romantic
粉笔
粉笔

或者，揣在裤兜里，在所经之处都留下断断续续的痕迹——砖墙，泥灰地，电线杆，别人家的大门，一堆粉笔头儿最后消失无踪。

大一些，办黑板报，五彩缤纷的粉笔把一块黑板填得满满当当花花绿绿，希望在每个月的板报评比会上拿第一名。

在最紧要的考试前夕，粉笔在黑板上写下冷肃紧迫的数字，距离中考或高考还有多少天，大家默默地经过，不想抬头看。

当然记得那些冒失懵懂的爱情，男孩偷偷地在黑板上写下表白宣言，全班都看到了，叽叽喳喳笑闹一堂，女孩羞答答地擦掉那些爱的痕迹。

后来他们是否牵手走过学校里的林荫路？只记得，那是柳絮飘飞的时节。

后来，老师已经不会在下课后把粉笔带走。后来，我们用粉笔写下很多很多，诗歌、语录、班干部选票、作业题、暗恋对象的名字……还有一段青春。

所住的小区里有一块小黑板，每次经过，都见它黑得空荡荡的，那么寂寞。于是去文具店买粉笔，一盒三十支，两块五。

抽出一根，站在小黑板前，茫然了半天不知怎么写——粉笔末儿沾在手上，倏忽间，令人想起那些阳光斜射进教室的上午，粉笔字挤满黑板，又被擦掉，彩色粉尘在阳光里涌动。

一切都已过去，孩童、少年和许多写下又擦去的五光十色的粉笔痕迹。回首望去，像一道彩虹；回首望去，它已消失无踪。

在接下来的人生黑板上，要继续写些什么？

当酸遇上甜

首先，你有没有见过山楂树？

我见过，低矮粗壮的树身，爆炸头似的蓬松树冠，几阵春风吹过，它就“哗”地开出一层密密的白色小花。

有一张旧照片里，小女孩站在开花的山楂树下，她的刘海儿用吹风机狠狠地吹得高耸，一大把马尾辫绑在头顶，穿着脚蹬裤，歪着头，脸上露出她自以为最时髦的表情。

照片上的景象定格，而那一片山楂林如期谢了花，到八九月份，红彤彤的山楂挂满枝头，像一撮撮袖珍灯笼，吃进嘴里，酸得人眯起眼，嚼着嚼着，舌根儿才渗出一点儿甜。

山楂可以直接吃，霸道的酸能让人兴奋得打个哆嗦，吃多了，半夜会吐酸水。

也可以做成冰糖葫芦，冰糖的甜把山楂的酸包起来，让它变成温柔的一串。在北方寒冷的大街上，穿着棉袄棉裤吃冰糖葫芦才有滋味，进了暖和屋子冰糖会融化，粘得哪儿都是。

更完美的吃法是把山楂做成山楂汁，酸与甜真正地水乳交融，喝进嘴里，人就仿佛又站在那片开花的山楂林里，春风正吹过。

那时每次去小卖铺，总央求大人买一瓶大亨果茶的山楂汁，它酸甜的味道对小孩子充满诱惑。

一直觉得在味觉感受里，酸和甜是绝配，比如山楂汁。

单纯的酸，很有攻击性，它能绑架味蕾，令人皱起眉头，同时掠夺了其他食物的味道。

单纯的甜，乍吃之下惊喜，再尝多几口就是腻，令人软绵绵地没了精神，太多的甜堆积就渗出了苦。

只有当酸遇上甜，它们才像一见钟情的伴侣一样制造出美好的爱情，酸变得温柔，甜变得清新。

后来喝过很多种不同的饮料，各种果汁，但深深留在记忆里的就是一瓶看似普通的大亨果茶山楂汁。

记忆中乏善可陈的零食货架上，它已经是重量级产品，比水果糖和五香

大亨果茶
DAHEN
NATURA
净含量
山
20170301
08:17

瓜子都高端，而且它是那么好喝。

很多个夜晚，写完作业，电视里又没什么好看的节目，百无聊赖的小孩就对老爸软磨硬泡，直到他走出家门——回来时，带着一瓶大亨果茶山楂汁。

小孩高兴得欢叫，“快拧开！快拧开！”玻璃瓶里酸甜的味道足以化解整个晚上的沉闷。

有些味道，就是因为留在记忆里，才显得格外美好。

现在无论喝什么牌子的果汁，都找不回童年时一瓶山楂汁带来的快乐兴奋，那是一个孩子所能想象到的最好喝的果汁，是在他所有的未来尚未到来之前，最珍贵的享受。

黑夜里的光

不知现在还有几户人家有手电筒，就算有，一年到头也用不了几次。

超市里卖的手电筒仍旧款式很多，大的小的，充电的塞电池的，各种颜色。只是，不知还有几个人买。

开车的人，会备一支手电筒在后尾厢。开夜路，遇到突发故障，就可以用它照着打开前车盖，清楚地检查。

除此之外，真想不起有什么机会使用手电筒。

城市里通宵达旦地灯火密布，根本没有走夜路的感觉；楼道里是声控灯，人一出现立刻一片明亮；半夜起床，也有小夜灯温和舒适的光。

可是，当初是离不开手电筒的。小品里演，“我不还有一样家用电器呢嘛！”“什么？”“手电筒呀！”

那时晚上总停电，巷子里一片漆黑，要出门，必须拿手电筒。

如果电池用太久，灯光变得鬼火一样，用力拍打几下，才勉强亮些。

停电的夜晚，实在没什么可玩，就站在黑漆漆的院子里，打开手电筒向着天空照，光柱笔直明亮，望不到尽头。

收音机里正播放侯宝林的相声，“我把手电筒打开，你，顺着它爬上去。”“我不爬，我傻啊，等我爬上去，你把手电筒一关，我不摔死了？”

这人听着，一边嘻嘻笑一边向夜空中举着手电筒，开开关关。

夏夜里，繁星漫天，虫鸣密布。小伙伴们约了去柳树下找“知了猴”——还没有脱壳的蝉，土黄肥腴，正用爪钳将地皮戳破一个洞，准备爬出来。

有的已经爬到了树上，我们就用手电筒照着，逐棵柳树上上下下地搜索，一晚上能抓十几只。回家在盐水里泡一夜，隔天铁锅油炸，酥脆喷香，吃得手舞足蹈。

还为了比胆量，晚上拿着手电筒，偷偷溜到学校里。

整个学校黑暗寂静，手电筒的光束失魂落魄地闪烁，我们却兴奋得像一群小耗子，吱吱喳喳踮着脚尖四处觅查。

某些在夜晚忽明忽暗的微妙感情，是拿着手电筒到了约定的地方，双双关掉电门，一起拉着手走呀走，心“怦怦”跳。

成长至今，体会了无数种失去，覆水难收倾情难再，已经不愿再失去什么，哪怕一支手电筒。

每夜躺下，它陪伴一侧，就像曾经那些夜晚一样，就像那些夜晚不曾在生命中远去。

洗一洗，有活力

第一次觉得一袋洗衣粉洋气，就是活力28。

那时候，大多数商品的名字中规中矩，“活力”这个词儿已经够新鲜，再搭配一对数字更让人觉得特别。

那也是个充满活力的年代，人们听摇滚、写诗、跳霹雳舞，热爱一切。

姑娘们穿着花裙子，头发乌黑，眼神清澈，在大街上像云朵儿一样飘荡，天气炎热时，她们喜欢吃冰棍儿。

小伙子们穿着紧身衬衣和牛仔裤，飞一样地骑着自行车，车铃清脆地叫个不停，他们为爱情痛苦，为理想咆哮，炙烫的胸膛比最热的天气更热。

那是人们第一次在中央电视台看见洗衣粉广告吧？“洗涤专家，活力28”，忽然间就让大家记住了这种洗衣粉。

活力28
幽兰型冷水加酶洗衣粉
快速去污

最喜欢的就是洗得干干净净的衣物们，挂满院子，像彩旗一样在晴空下飘扬，慢慢晾干。

人站在中间，就能闻到淡淡的洗衣粉的清香，比起喷在衣物上的浓郁香水味儿，这种清洗过的淡香更让人舒服。

当靠近一个人的身体时，闻到这种淡香，就知道他穿着新洗的衣服，他是个爱干净的人。

我们对一个人着迷时，也许就因为那一缕不易察觉的淡香，混合着他的体温，令人感到亲切和温暖。

第一次自己洗衣服，连放多少洗衣粉都不知道。是不是越多越好？“哗啦啦”倒了半袋子进去，于是变出一盆子疯狂的白色泡沫，洗呀洗呀，总也洗不净。

那个夏天，拥有了人生中第一双长筒丝袜，小心翼翼地套在双腿上，穿上凉鞋，在镜子前左转右转，一个十岁的小女孩忽然间觉得自己变成了大姑娘。

从那一刻起，她决定好好爱护那双长筒丝袜，每天都要捏一小撮洗衣粉把丝袜洗得干干净净，她的勤奋一直持续到忍不住爬墙上树结果剐烂了丝袜才告终。

小时候，总觉得时间是静止的，一切永远不会改变。

喜欢的糖果和动画片，熟悉的小伙伴和游戏，严厉的老师和紧张的考试……这一切会一直持续下去，永不改变。

习惯了没有变化，买一件衣服，以为它永远时髦；许下一个诺言，以为它永远有效；爱上一个人，以为此生再也不会爱上另一个。

然而，一切都会改变，回忆起小时候的一切，衣食住行吃喝玩乐，如今都变成另一副模样。就算是一袋普通的洗衣粉，又能坚持一直用一个牌子多久？往往是不知不觉中，人和事都变了，名噪一时的“活力28”消失了踪影。

或许世间万物都像人体细胞一样，不管你愿不愿意，它都要更新换代。

纳兰词
十年一觉

旧日如风

风，从台扇里吹出来。

天正热，夜晚空气像一团糨糊。一盘蚊香放在床头，火星闪烁，缓慢地冒着烟。白天暴晒过的床单，泛着干燥的肥皂味道。

姑娘穿着纯棉的蓝色碎花汗衫，有细小汗珠儿沁出来，被风扇的风吹干了。她转了个身，面朝窗口，那轮月亮映着她雪白的胸口，月光仿佛带着蛊惑，让她心慌意乱。他的影子在她脑海里转来转去，被月光照得无所遁形。

暗恋中的人，总是失眠的。台扇的风也无法让她感觉清凉，却不敢关掉，若是少了那种“嗡嗡”声，她会更寂寞。

暗恋中的人，总是在夜深人静时，醒着制造梦境。想象着，她迎头撞上了他，“倏”地脸红，慌乱地笑，而他目光如水，淋得她浑身湿透，两个人便那样停下来，对望着，夏天的白云飘下来，把他们团团裹住。

说一句话，什么都好——“你好吗？”“你要去哪儿？”无论如何，说出第一句话，给这个故事写下第一个句子，不论结局如何，她和他才算真正相遇过。

那样，我们就从这个世界隐藏起来，偷偷热恋一场吧？那样，就算通宵不眠，也只是一眨眼，我可以给你写情书，写到最后一页纸的最后一格，写到钢笔的最后一滴墨水，写到台扇不知不觉停止转动。

很多暗恋，最终没有说出口；无数次擦肩而过，最终没停下一步。时间一阵风似的，“呼”一声就吹过，你以为还会遇见，却再也没遇见。

那台上海电扇，真的变老了，旧得只有声响，没有风。回忆也旧了，思念也旧了，都沉寂在角落，世上再无人知晓，她那些失眠的夜，和那场藏在心里的恋爱。她结婚生子，长出皱纹；他也一样。

有一天，她叫住个收废品的，要卖掉旧台扇。她说，“你看，这么多年了，还能用呢！”插上电，“嗡嗡”，有点笨重的风，吹过她的裤脚。她蹲下来，手放进风里，摸到了那个久违的故事。

忽然间，风平浪静的生活，被吹得有一丝摇晃。她轻轻叹了一口气，无人察觉。收废品的小贩把台扇插头拔掉，漫不经心地说，“能用，也没人用啦！”

台扇从此消失在她生命中，如旧日的风。

~

简简单单的奶香

在保健品匮乏的年代，能想到最有营养的食品，就是一罐大庆奶粉。

大人看着孩子，总是觉得他太瘦弱，“这孩子怎么老不长肉长个头儿？是不是营养不够？”

然后，开始每天睡前给他冲一杯奶粉，希望天长日久的灌溉，养出一个白白胖胖的娃儿。

有些孩子不喜欢奶粉里那股甜腻腻的奶香，无论大人怎么威逼利诱，他也不肯喝，让爹妈急得团团转。

有的孩子则对奶香情有独钟，捧一杯温热的牛奶，“咕咚咕咚”喝得欢实，几滴白色的牛奶渍沾在嘴角，那软绵绵的奶香或许成为他一生的记忆。

家里有上了岁数的老人，也会常备大庆奶粉，这算是为了健康长寿而培养的好习惯之一。

大庆老奶粉™
Daqing Classic Milk Powder
全脂甜奶粉
经典 1970
冲不淡的老味道！
净含量：400克(16袋×25克)

人们对牛奶有天然的好感，一勺，两勺，微黄色的粉末冲成一大杯温暖的白，喝进胃里，踏实舒服。

走亲访友，探望病人，网兜里除了水果点心，再配两罐大庆奶粉就显得更华丽。

有时主人和客人都格外客气，把一袋礼品推来搡去，而馋嘴的小孩一见到那两罐奶粉，鼻子下就浮起丝丝缕缕的奶香，他已经把开水凉温了。

有首流行歌曲唱，“幻想一个家，为他生一个胖娃娃。”现在要把娃娃养得又白又胖，就算当妈的没有奶水也没关系了，奶粉的营养配方比母乳还要全面。

习惯喝奶粉的小孩，对奶瓶最有好感，奶瓶里的奶粉被热水摇晃成奶的时候，他会兴奋地伸出小手一脸向往地乱抓。

在成年人的嗅觉里，所有奶粉都一个味儿，但小孩娇嫩的味觉自有他的喜好，这种能让他喝得眯眼笑，那种就让他厌烦地扭开头。

有时，他吸着奶瓶就睡着了，小脸蛋儿和小手儿都散发着奶香，那么甜美。

如今的奶粉分类细致，男女老少各有配方，大家却是喝得越来越小心。其实，简简单单就好吧，就像大庆奶粉，不需要复杂配方，也不需要夸张广告，奶粉就是奶粉，不是灵丹妙药或奢侈品。

一勺奶粉融化在温开水里，勺柄轻轻转动，暖暖腾腾的奶香就飘到了唇边，喝下去，睡一个安稳觉。

玩火

“玩火尿炕！”从小大人就这样吓唬小孩。

白天偷偷玩火柴，到了晚上，心理阴影，瘦小的身子在被窝里翻来滚去，所有注意力集中到下腹部，总怕会尿失禁。

在忐忑中睡去，这中间如果真的尿了炕——第二天不问青红皂白，屁股要挨巴掌。

一直对火充满畏惧。

不能吃辣，因为嘴唇舌头会火辣辣地疼；不能发火，因为肺活量

JINGZHOUHUOCHAI
安全
囍
火柴
荆州火柴

小，火气不足以爆发井喷，只会憋成内伤；不能风风火火，天生性子温暾，凡事一旦着急催促就乱了阵脚。

甚至，也不火辣，身材不似才华那样可以后天进修，豪乳蜂腰肥臀一样儿也没摊上，先天尺寸摆在那儿，若想要男人流鼻血，除非揍他两拳。

因而，见到可以玩火的人，实在佩服。

杂技表演的喷火术，如妖如魔，一团烈火在口中吞吐自如，如果不是看的人心惊胆战，那种人火交融，你会觉得他在品尝一块美味蛋糕或亲吻一块柔软的皮肤，火变成他的宠物。

火一样的状态，犹如屁股突然一疼，按捺不住蹦起来，按捺不住手脚乱舞。

歌里邪魅入心地唱，“高温已产生，色相令人乱，君子在摸火，吹不走暖烟……”再往下，少儿不宜。

一女友每次在KTV多喝几杯，就必定要点张惠妹的《火》，节奏骚动，她就像一只在大雾森林里误食了迷幻蘑菇的小鹿，不辨方向地跳动扭摆，谁也抓不住她。

而《过火》已是首老歌，危险关系像鼠药，兴奋地狼吞虎咽中，身心俱焚。

亲眼见识过一个姑娘背着老公与新欢热火朝天地偷情，私底下带出来吃喝玩乐，一点儿也不避嫌。

她滋润得如鲜花顶露，别人却捏冷汗，因为知道这火光背后是美满家庭恩爱夫妻及马上要升小学的儿子，走漏一丝风声，都会玉石俱焚吧？她却自在地站于大火中跳着舞，直到焰热淡去，又恢复清白一身，老公也未发现端倪。

一场烈火，熊熊地烧，静静地熄，她有本事用纸包得密不透风。

胆小的人，打开煤气灶、点一根烟都犹豫半天，别人一簇火苗，在他眼里是火坑。胆大的人，玩火如吃饭喝水，火山爆发于眼前，也从容淡定，若不玩火，就像酒鬼断了酒，活着没劲。

无论玩哪一种火，都要有胆量，要强大得足以承担一切后果。